Reihe Salon
Band 9

Volker Hagedorn

Wo bin ich?

Bagatellen

Wehrhahn Verlag

Bibliografische Information Der Deutschen Bibliothek

Die Deutsche Bibliothek verzeichnet diese Publikation in der Deutschen Nationalbibliografie; detaillierte bibliografische Daten sind im Internet über http://dnb.ddb.de abrufbar.

2. überarbeitete Auflage 2005
Wehrhahn Verlag
www.wehrhahn-verlag.de
Umschlaggestaltung: Andreas Klein
Umschlagfoto: Martin Schlüter, Hannover
Druck & Bindung: Fuldaer Verlagsanstalt

ISBN 3-86525-099-8

Inhalt

Inseln im Winter

Es gibt Leute, die sich das ganze Jahr über Wasser halten mit der Gewissheit, dass sie bei tiefhängenden Winterwolken ein Bäderschiff besteigen werden, um sich ein paar Tage lang extrem zu langweilen und für eine leidlich bereitete Scholle Finkenwerder Art 13 Euro 50 zu bezahlen. Und allein zu sein auf dem langen, grauen Strand. Was finden sie daran?

Ihr Herz schlägt schon höher, wenn auf der Fahrt gen Norden sich Namen wie »Geerdes« und »Janssen« am Straßenrand häufen, während sich am Horizont die Windräder drehen. Mißtrauisch äugen sie am Hafen dann nach Gleichgesinnten: Je weniger, desto besser. Schon mancher musste feststellen, daß gerade die entlegene Zeit zwischen den Jahren ihrer Entlegenheit wegen erschreckend viele Individualisten anzieht.

Der Kenner hält sich daher an jene Wintertage drumherum, in denen das Inselleben auf ein Minimum heruntergefahren wird. Jetzt haben nur noch drei Hotels und vier Restaurants geöffnet für ungefähr genausoviele Einsame, wenn man von der Kreativgruppe im Hotel »Anker« einmal absieht. Denn diese Frauen treten als Kollektiv auf und gehören für ein paar Tage zu den wichtigsten Gesprächsthemen des Eilands, gleich nach dem miserablen Wetter und – was war da noch? Nee. Nichts.

Also die Frauengruppe. Ab und zu bleiben Insulaner und Spaziergänger mit hochgeklapptem Kragen vor den Fenstern des Hotels »Anker« stehen und spähen hinein: Das eine Mal tanzen die, das andere Mal sind sie ganz ruhig. Dann malen sie auf Kärtchen Worte wie »Konflikte vermeiden« oder »Gartenarbeit« und hängen sie an eine Tafel. Die Vorübergehenden grinsen fein, finden es aber höchst interessant. Selbstfindung oder sowas.

Irgendwann läßt der Regen nach, dann ziehen die Individualreisenden durch die graugelben Dünen an die zurückweichende Nordsee: Irgendwie ist hier immer Ebbe, und ehe man die Wasserzungen erreicht hat, wird es wieder dunkel. Aber dieses Rauschen, diese Weite! Dann gehen sie behaglich fröstelnd wieder zurück, vorbei an den leeren Erholungsheimen diverser Konfessionen und ratlos knarrenden Fasanen, deren Anblick den Appetit anregt.

Aber es ist noch zu früh fürs Essen. So finden sich die Flaneure in der einzigen jetzt geöffneten Teestube ein, wo auch Kaffeetrinker in ritueller Verklärung Tee bestellen, weil der so insular den Kandis zum Knistern bringt. An den Nebentischen vereinzelt Teilnehmerinnen der Selbstfindungsgruppe – schwänzen die etwa? Noch immer ist es längst nicht Essenszeit. Mancher Reisende sieht sich daher genötigt, im Hotelzimmer das mitgebrachte anspruchsvolle Buch aufzuklappen, um dann doch »Unsere kleine Farm« im TV zu gucken. Und danach?

Glücklicherweise gibt es im Edeka von Onno Janssen einen Ständer mit Krimis, und man hört Neuigkeiten über die Frauenaktionsgruppe. Die würden, erzählt ein Insulaner der Kassiererin, da jetzt mit den Füßen aufstampfen. »Wie geh ich mit meiner Wut um oder so wat«, erklärt er und macht sie nach, »völlich verrückt!« Die Kassiererin lacht Tränen. Ganz offenbar ist diese Gruppe ein Segen für die ganze Insel.

Der Reisende kann sich nun mit seinem Krimi an die Bar im »Anker« setzen und feststellen, wie für die Selbstfindung im Nebensaal mehrere Alster und zwei Glas Wein geordert werden. Und dann kommt der spannendste Teil des Tages: Wo ißt man diesmal die Scholle Finkenwerder Art? Im »Anker?« Im »Kapitänshaus«? Oder in der »Alten Werft«?

Da oder dort sitzt man dann mit seinem Jever und schaut aufs alte Wetterglas an der Wand, unter dem auf einem Messingschildchen »Wetterglas« steht (»Altes Wetterglas« wäre natürlich noch besser). Und hinterher sitzt man in der »Boje«, einer Kneipe mit Schiffsmodellen. Übrigens ist auch die Selbstfindungsgruppe hergekommen, um unter großem Getöse Rezepte auszutauschen. Und um uns steigt die Flut. Doch, doch, wir Individualreisenden wissen schon, was wir an unseren Inseln haben.

Herzrasen im Lichtspiel

Bei uns auf dem Land, da gibt es ein Kino im nächsten Städtchen, wie es das sonst nur noch im Kino gibt. Ein richtiges Landstädtchenkino zwischen einer Fahrschule und einem Lampenladen an einer nach Sonnenuntergang fast menschenleeren Straße, mit einer weißlockigen Oma im Kassenhäuschen. Es heißt »Lichtspiele«, und rauchen darf man auch.

Wenn man vorher anruft und nach dem Programm fragt, sagt die Oma zum Beispiel: »In Kino 1 haben wir die Julia.« Dann ist der Film mit Julia Roberts, und wir gehen nicht hin. Sonst ja. Kino 1 hat eine Theke, an der man nichts kaufen kann. Verkauft wird nur durchs Fensterchen an die Leute, die in Kino 2 und Kino 3 wollen. Die in Kino 1 haben Spezialkomfort.

Sie sollen sich erst hinsetzen und auf eine Taste neben dem kleinen Lämpchen drücken, woraufhin die Saaltochter kommt und die Bestellung aufnimmt. Bier drei Mark, das geht. Popcorn gibt es in drei Größen. In den Metropolen reizt mich Popcorn nicht, hier schon, es wirkt wie eigens importiert.

Das Popcorn glüht den Fernen zu, in die Leute von hier einst ausgewandert sind, »nach Orregonn«. Wie es da wohl ist? Hier erstrecken sich ringsum Äcker, und abends weht der Gülledunst über die Bundesstraße bis vor die »Lichtspiele«. Was es noch gibt, zeigt die Kinowerbung: Autohändler, Bistro im Nachbarstädtchen und, wenn man Glück hat, den örtlichen Puff. Da sieht man mollige Frauen mit Schaumwein im Whirlpool stehen. »Vielleicht muss ich da doch mal hin«, raune ich meiner Mitbewohnerin zu, »das scheint ja total nett zu sein.« »Nimmste mich mit?«, fragt sie.

Dann kommt die richtige Werbung, und vor dem Hollywoodfilm kommt noch die Kreissparkasse, die uns »zu dem nun folgenden Film gute Unterhaltung« wünscht. Die Wörter »gute Unterhaltung« werden von Buchstabenwürfeln geformt, von denen einer noch schnell an die richtige Stelle springt und »Hoppla« sagt. Das ist wie ein Gruß aus schlichter Märchenzeit vor den Wahnsinnseffekten, die anschließend auf uns zustürzen.

Nirgendwo hauen sie rein wie im Landkino. Während man in den Metropolen nie vergisst, wie es vorm Kino brummt, spürt man auf dem Lande, wie es rings schweigt, und wenn in den »Lichtspielen« ein Düsenjet im Winkel von 70 Grad auf den Ozean zurast, ist das ein Ereignis, und wir halten uns fest, das Herz rast.

Und wenn der verschollene Absturzüberlebende nach langen Inseljahren seine Frau wiedersieht, die einen andern hat, dann hält mir meine Mitbewohnerin den trockenen Rest ihres Taschentuchs hin, und ich schäme mich mal wieder, weil meine Gefühle immer erst eine halbe Stunde später kommen. Draußen, wo in der Stille des Städtchens der Film noch mal auflodert.

Man will dann nicht gleich nach Haus. Man geht noch ins »Humperdink«, da ist zwar nichts mehr los, aber sie machen gute Thunfischpizza, außerdem sind es Perser, und so hat man doch noch etwas Kontakt zur weiten Welt.

Flughafen morgens um acht

Flughafen Hannover-Langenhagen, morgens um acht. Grau-gesichtig sitzen Wartende im Café, verzehren ein teures kleines Frühstück und blicken gelegentlich hoch zum Display: Noch eine halbe Stunde bis zur »boarding time«. Es gibt Schlimmeres. Aber was ist das? Rummsta, rummsta, schnickedischnacke, »rocking and reeling, really good feeling«? Ach ja, die Lokalbeschallung.

Läuft schon die ganze Zeit. Manchmal merkt man es ja gar nicht erst. Aber wenn man es doch merkt, wird es grausam. »Hör doch einfach nicht hin«, sagen manche. Aber mit den Ohren kann man nicht weggucken, und »rocking and reeling« ist nicht das Brausen von Wasserfall, Autobahn und Stimmengewirr. Es ist organisiert. Rhythmisch, melodisch, harmonisch, textlich. Man spricht dann von einem Lied.

Ich will aber kein Lied hören, wenn ich, von heranschleichender Flugangst gepeinigt, ein teures trockenes Lachsbrötchen zerkaue. Auch »Die schöne Müllerin« will ich dann nicht hören oder »Im wunderschönen Monat Mai«, sondern einfach nur die Geräusche der Institution. Das Düsenpfeifen von draußen, die klaren, weit hallenden Ansagen, ein bisschen Gemurmel vom Nachbartisch. Warum ist das so sehr schwer?

»Geh dich doch beschweren«, rät meine Mitreisende, »du bezahlst zum Brötchen ja auch das Ambiente.« »Das ist mir jetzt zu anstrengend.« Rocking and reeling, was soll dieser Quatsch überhaupt? Das geht doch zurück auf US-Popkultur der 50er, da war es noch Energie, hier ist es bloß Gesülze. Really good feeling, mir wird schlecht von diesen Lügen.

Wo man auch hinkommt, wird man zugesülzt, im Supermarkt, im Zug, ja selbst im Flugzeug. Da wird es, wie ich weiß, noch schlimmer sein, da quellen Besänftigungsmelodien aus den Bordlautsprechern, die lecken einem wie zudringliche schlabberige Hunde an den Ohren. Und wenn man sich beschwert, im Supermarkt, im Zug, im Lokal, heißt es: »Aber die andern Gäste…«

Ja, was ist mit den andern Gästen? Sie sitzen da in unendlicher Ergebenheit und zerkauen belegte Brötchen für vier Euro das Stück. Ob sie leiden, ist nicht zu erkennen, um diese Zeit sieht niemand gut aus. Vielleicht begännen sie zu zittern, wenn das ewige rocking and reeling ein Ende hätte? Aaah! Es hört auf. Welche Reinheit! Welche Weite der Welt!

Aber was ist das? Nein, das kann nicht wahr sein. Das ist die Hölle. »Wir sind alle über vierzig«, singt jetzt irgendein abgewetzter Schlagerbarde und fügt hinzu: »Wir sind alle noch am Leben.« Und das vorm Fliegen! Warum singt er nicht gleich: »Noch sind wir alle am Leben«? Warum kann man solche Leute nicht auspeitschen lassen? Und die Gastronomen gleich mit?

Leider immer noch zwanzig Minuten bis zum »boarding«. Ach, wird es schön sein, oben über den Wolken, wenn auch die Besänftigungsmelodien schweigen, nur noch den grauenerregenden Unregelmäßigkeiten der Triebwerke zu lauschen, den O-Saft-schlürfenden Nachbarn. Und, wenn die Stewardess einem Kopfhörer anbietet, einfach sagen zu dürfen: »Nein, danke.«

Der Ruf der Wildgänse

Es war ein Frühlingsmorgen in Philadelphia, in einem der reizenden Villenvororte. Vom Atlantik kam klare Luft, in der hoch oben Wildgänse trompeteten. Ich halte mich keineswegs regelmäßig in den Villenvororten Philadelphias auf, überhaupt selten in Villen und erst recht nicht jenseits des Atlantik.

Ich stand da und blickte aus dem Fenster meines Gastzimmers zu den Wildgänsen hoch. Richtig klar waren sie nicht zu erkennen, weil vor den Fenstern Moskitonetze aus feinstem Draht befestigt waren. Schon jetzt, bei höchstens 15 Grad Celsius! Andere Länder, andere Sitten, dachte ich und entdeckte die kleinen Hebel.

Man konnte das Netz samt Rahmen wohl entfernen, wenn man die Hebel umlegte. Interessant. Wie überhaupt alles in diesem Haus. Es war die in den 20er Jahren errichtete Kopie eines britischen Cotswoldhauses des 17. Jahrhunderts. Voll mit Antiquitäten. Sogar die Wasserkaraffe neben dem Bett war aus schwerem altem Silber.

Eigentlich paßten die Moskitogitter stilistisch nicht sehr gut zu dem britischen Ambiente. Die kleinen Hebel ließen sich mühelos bewegen. Ich legte sie um. Vier Stück. Nach dem vierten, rechts unten, lockerte sich der Rahmen. Ich hob ihn heraus. Und der schöne Morgen war vorbei.

Sirenen heulten auf. Eine markige Stimme brüllte mich an: »Burglary! Burglary!! Leave immediatly!!!« Der Mann brüllte noch Schlimmeres, was ich vor Schreck vergessen habe. Ich setzte den Rahmen sofort wieder ein. Aber der Einbrecheralarm tobte weiter in allen Fluren und Gemächern, aus denen, noch duschnass, weitere Gäste hasteten.

Die reizende Villa wurde zum Schauplatz eines Thrillers, den man nur hörte, aber so laut, dass ich schon Scharfschützen sah, die draußen hinter den Rhododendren in Stellung gingen. Und während ich die Treppe heruntereilte zu unseren Gastgebern, wurde ich wieder der kleine Junge, mit dem man nirgendwo hingehen kann.

Der in der Ferienwohnung aus Versehen den Schrank mit den Gläsern von der Wand holt, der nachts das Klo in der Pension zu spät findet, der sich andauernd für irgendwas entschuldigen muß. »I'm sorry«, rief ich den Gastgebern zu, die nervös vor einem Schalterkasten standen. »I'm afraid it was me who...« Ich erzählte das mit den Wildgänsen. Es klang unglaubwürdig.

Der Professor brachte den brüllenden Ledernacken zum Schweigen und entwarnte die Polizeistation. »Damit wecken wir gern mal unsere Gäste auf,« sagte er bloß. Dann gab es Rührei für alle. Ich saß da, während man mir auftat, mit etwas eingezogenen Schultern. »Ich wollte wirklich nur die Wildgänse sehen!« erklärte ich den andern Gästen. Sie kicherten.

»Noch etwas Saft?« fragte die Gastgeberin sanft und stellte mir das Glas auch schon hin. »Thank you,« sagte ich ergeben. Und von diesem Morgen an gehörte ich irgendwie zur Familie.

Das Böse hat einen Namen

Ein richtiges Beet hat einen Rand wie mit der Rasierklinge geschnitten. Auf der einen Seiten grüner Rasen, von Auslegware kaum zu unterscheiden, auf der anderen makelloser homogener Humus, aus dem sich Blumen und Sträucher stramm und unverfilzt erheben. Ein richtiges Beet ist die Fortsetzung des Hausinnern mit unnatürlichen Mitteln. Ich finde sowas beeindruckend.

Wie viele Möchtegernguttuer habe ich auch einmal jener political correctness willfahrt, die das Unkraut lieber Beikraut oder Freikraut oder »Pflanzen mit außerhalb der Gartenplanung liegenden genetischen Programmen« nennt, und das Zeug nur hier und da unter entschuldigenden Worten ausgerupft. Jetzt weiß ich, dass das anthropozentrischer Schwachsinn war. Genauso gut hätte ich den Abwasch ausfallen lassen können aus Respekt vor den Essensresten auf dem Geschirr.

Aber das begriff ich erst nach der Begegnung mit der Quecke. Sie bahnte sich an, als aus zwölf gepflanzten Blumenzwiebeln, von denen ich mir einen das Beet diagonal durchziehenden Goldstrom aus Blüten versprochen hatte, keine einzige irgend etwas hervorbrachte, während stattdessen kleine grashalmartige Spitzen aus der Krume stießen. »Quecke«, meinte meine Mitbewohnerin. »Die muss komplett raus.«

»Ach was, dann müsste ich ja alles umgraben.« Wie andere Leute im Dorf, über deren perfekte Beete ich mich damit tröstete, dass sie die Ausstrahlung gekachelter Korridore haben. Meine Quecke sollte sich mit den andern Pflanzen gütlich einigen und zu einem ganzheitlich lockeren Gartenbild beitragen. Jetzt weiß ich, was sie stattdessen tat. Sie hat ein Netzwerk gebildet und geradezu sadistisch Jagd auf Blumenzwiebeln gemacht.

Zuerst zog ich hier und da einen gelben Strang raus, dann entdeckte ich, weitergrabend, eine Verdichtung, und schließlich ein Verbrechen. Eine Blumenzwiebel war von einem Queckenstrang, der sie bequem hätte umgehen können, komplett durchbohrt worden. Hier rein, da raus. Man konnte fast noch die widerlichen Geräusche hören, wie von einem Alien. Das Böse!

Es ist schön, wenn man das Böse aus dem Dunkeln zerren kann. Man gräbt dafür sogar ein ganzes Beet um. Alle Pflanzen, auch die, die der Quecke getrotzt hatten, wurden evakuiert, und es begann eine gnadenlose Queckenjagd, ein furchtbares Gemetzel, jedenfalls auf den zweieinhalb Quadratmetern, die man in vier Stunden schafft. Eine Nachbarin kam vorbei: »Na, immer noch fleißig?«

»Muss ja«, keuchte ich nach Landesbrauch und hielt fletschend einen Strang hoch: »Quecke!« Sie lächelte anerkennend. Wahrscheinlich auch beruhigt: Ich würde noch lange wühlen müssen, bis mein Beet eine ernsthafte Konkurrenz würde. Ich müsste zum Beispiel jetzt meinen Vernichtungsfeldzug fortsetzen. Denn während ich die Quecke beschreibe, wuchert sie schon ins bereits gesäuberte Areal zurück.

Beschreiben oder bekämpfen? Man muss sich entscheiden. Fürs Queckenjagen gibt es kein Honorar. Der Fall ist klar, das Böse bleibt.

Leitfaden für Hedonisten

Sechs Glas Wasser, las ich neulich in einem Ratgeber, solle man täglich mindestens trinken. Und Haare mondphasenbedingt nur »an Löwe« schneiden. Und man soll, fernöstlicher Harmonielehre entsprechend, den Klodeckel nicht auflassen. All das kann auch gar nicht schaden. Ich will keineswegs die wohlfeilen Spöttereien über ein ganzheitliches Dasein vermehren.

Ich finde aber, dass es der Ratgeberliteratur an Schriften gebricht, die uns beim ganzheitlichen Akzeptieren geringgeschätzter und zäher Gewohnheiten helfen, anstatt uns mit schlechtem Gewissen wie mit Weihwasser zu bespritzen. Zum Beispiel Weingenuss. Meist findet man höchstens die Erlaubnis, »durchaus ein Gläschen am Abend« zu genießen.

Man merkt richtig, wie großzügig sich diese Autoren vorkommen, während sie meilenweit von der Realität entfernt sind. Ein Gläschen ist, wie jeder Weinfreund weiß, kompletter Schwachsinn. Natürlich trinkt man die Flasche leer, anstatt das herrliche Aroma der Erstschlucke mit sechs Gläsern Wasser abzuwaschen. Ich wünsche mir einen Ratgeber, der das zugibt.

Also einen Zugeber. »Trinken Sie täglich soviel Wein, wie es Ihnen behagt, solange er bezahlbar und gut ist und Sie nicht undeutlich sprechen.« Und was das Essen angeht, könnte das Buch fortfahren: »Machen Sie aus Ihrer Abneigung gegen Salat keinen Hehl. Nirgendwo findet sich soviel Gift wie in Salaten. Nasse, kalte Blätter gehören nicht auf den Teller, sondern in den Herbst.«

Schlendern wir von der Küche zu den Büchern, stellt sich auch da ein schlechtes Gewissen ein, von dem ein guter Ratgeber uns befreien könnte. »Erwerb und Anlesen eines Buches verpflichten Sie nicht zur Komplettlektüre. Bücher zählen zu den vielseitigsten Einrichtungsgegenständen, riechen interessant und heben den Status. Das sollte vorerst genügen.«

Und wenn wir nicht mitreden können, weil infolge dieses Ratschlags »Der Vorleser« und die »Elementarteilchen« neben dem Bett einstauben, während »Tim in Tibet« durch wiederholte Lektüre auseinanderbricht, wird uns im »Wegweiser durch den Alltag« der Rat trösten, das nicht zu verheimlichen. »Stehen Sie offensiv zu trivialen Neigungen. Man wird Sie beneiden.«

Aber wo wird das enden? Werden wir amerikanisierte couch potatoes mit »I'm average and proud of it«-T-Shirts, grunzende Gewohnheitstiere? Nein, denn dann entsprächen wir ja dem Vorurteil, das Europäer gegenüber Amerikanern gern hegen. Ach ja, wie ist es mit Vorurteilen? »Ganz ohne geht es nicht«, sagt der Zugeber. »Gönnen Sie sich eine kleine Sammlung davon und tauschen Sie gelegentlich eins aus. So können sich die Vorurteile nicht verfestigen.«

Ach, nichts schöneres als ein lockeres Vorurteil! Das und eine Flasche Wein, kein Salat und ein Haufen ungelesene Bücher, auf dem aufgeklappt unser »Wegweiser durch den Alltag« liegt, wäre alles zusammen so herrlich, dass man doch noch ein schlechtes Gewissen kriegen könnte. »In dem Fall,« steht da, »trinken Sie sechs Glas Wasser. Schaden kann es nicht.«

Begegnung mit der nächsten Art

Nachts wurde ich wach und fühlte mich plötzlich unvollkommen. Nicht, dass mir dieses Gefühl ganz neu gewesen wäre. Man kann damit gut leben, wenn man gar nicht weiß, wie eine Alternative aussehen könnte. Die andern haben ja auch alle irgendeinen Schaden und werden ihn immer haben. Dachte ich sonst so.

Doch während sich der Vorhang am Fenster im Nachtwind bauschte, hatte ich eine Vision. Draußen lauerte die Zukunft. Ich sah Biocomputer mit IQ 300 in unsterblichen Athletenkörpern werkeln und höhnisch lächeln, schlimmer noch, eisig hinwegsehen über mein schläfriges Gehirn und das nachlassende Bindegewebe.

Sie streiften durch eine von ihnen umerschaffene Natur, knabberten Gen-Raps-Riegel und bremsten nicht, wenn ihnen ein Wesen mit inaktiver Telomerase vors Schwebemobil taumelte. Telomerase, hatte ich morgens noch gelesen, ist der Trick, mit dem die Chromosomen vor der Abnutzung geschützt werden. Die Natur schaltet ihn meistens ab.

Sonst würden wir nämlich steinalt. Vielleicht. Vielleicht könnten die Forscher die Telomerase wieder anknipsen. Ganz sicher sei das nicht, stand da, möglich aber eben doch! Und Artikel von dieser Sorte, das stellte sich in jener Nacht heraus, hatte ich wohl zu viele gelesen in letzter Zeit. Über Menschenparks und Biorechner und entschlüsseltes Erbgut.

Da ich immer bloß die Hälfte verstand, hatte ich nur unklare Vorstellungen. Bis in jener Nacht all die halbverstandenen Reste zusammenwuselten wie die silbrigen Tröpchen in »Terminator 2«, aus denen sich blitzschnell ein ganz fieser, unschlagbarer Killer zusammensetzt. So ein ähnliches Wesen schien jetzt aus der Zukunft auf mein Bett zu spähen.

Es sah dort ein etwas übergewichtiges Säugetier, in dessen Innereien gerade ein halber Liter Rioja Gran Riserva 1996 verarbeitet wurde, eingenommen in dem durchschaubaren Versuch, einigen Momenten eines begrenzten Daseins zeitlose Tiefe zu verleihen. Es sah auch eine Brille, die auf mangelhaftes Sehvermögen deutete.

Es sah die angeknitterte Epidermis und darunter die schon recht abgewetzten Chromosomenenden, es bemerkte außerdem kleine Schwellungen an den Oberarmen, die sich einem weiteren durchschaubaren Versuch verdankten, nämlich dem, durch Liegestütze den Eindruck einer grundlegenden Schwäche zu verwischen. Aber es begriff nichts.

Das merkte ich ganz genau, unvollkommen, wie ich da lag. »Hallo, du Blödmann«, rief ich der vollkommenen Gestalt zu, während erneut eine kühle Brise durchs Fenster strich, »da fragste dich wohl, was das soll, was? So ein Haufen Mängel und Macken? Von wegen Vorstufe. Das ist so komplex, das kapiert ihr nie!«

Tatsächlich schlug mir völlige Ignoranz entgegen. »Blödmann!« murmelte ich noch mal und fiel dann bis kurz vor neun in einen Schlaf, der an Vollkommenheit grenzte.

Ein Kampf um Kaschmir

Es war an einem dieser regnerischen Nachmittage, an denen Archäologen ihre großen Entdeckungen machen. Mißmutig stolpern sie im Dschungel über eine Wurzel, starren wütend zu Boden und stellen fest, dass es gar keine Wurzel ist, sondern die steinerne Nase eines überwucherten Götzen, das missing link zur Rekonstruktion einer frühen Hochkultur.

Manchmal muss man nicht weit gehen, um in so einen Dschungel zu kommen, sondern nur in den Abstellraum hinter der Küche. Ich brauchte Schmirgelpapier und begab mich im Abstellraum zu einer etwa hüfthohen, von Brettern umstellten Lagerfläche für Töpfe, leere Keksdosen, uraltes Schmirgelpapier sowie Spunks, jene Gegenstände, deren Sinn so rätselhaft ist, dass man sie gerade deswegen aufhebt. Zwei Spunks hatten sich an der Schmirgelpapiertüte festgebissen.

Ich zerrte sie weg und sah plötzlich dieses Leuchten. Es war das Leuchten einer wunderschönen Buchenplatte, und als ich noch weiterräumte, stellte ich fest, dass sie zu einer Werkbank gehörte, mit wohlsortierten Schubladen voller Schrauben und Bohrer, die ihre Ordnung wohl in einer meiner früheren, längst vergessenen Räumaktionen erhalten hatten, einer heimwerkermäßig hochstehenden Epoche im späten 20. Jahrhundert. Ich baggerte los.

Aber wie Archäologen wissen, kann man nicht einfach losbaggern. Meist ist genau dort, wo im Dschungel die Götzen vermoosen, längst ein Parkhaus oder eine Pipeline geplant, Anträge müssen gestellt und Beamte bestochen werden, damit das Relikt zu retten ist und der Aushub der Grabungen entsorgt werden kann. Das alles habe ich nicht bedacht. Ich zwängte die Töpfe in einen Schrank und die Spunks in ein Seitengelass, in dem Spinnen ihre Nester bauen.

Dann zeigte ich meiner Mitbewohnerin stolz das Prunkstück von einer Werkbank. »Schön. Aber wo sind meine Töpfe?« »Im Schrank.« »Und die Salatschleuder?« »Auch.« »Die darf nicht in den Schrank, die wird sonst nie trocken.« »Oh.« »Und die Töpfe brauche ich ständig.« »Wenn du sie ständig brauchst, warum sind sie nicht in der Küche?« »Das hier GEHÖRT zur Küche.« »Das hier ist eine WERKBANK.«

Wir hätten jetzt eine Supervision gebraucht, eine geschulte Fachkraft, die uns erinnert hätte, dass ein Kampf um Kaschmir sowieso nur allen schadet. Nach stundenlanger Räumerei wollte ich keine Handbreit Werkbank erneut betopfen lassen, obgleich ich kaum je etwas zurechtsäge. »Es KÖNNTE ja sein, dass ich mal was sägen will«, sagte ich, und ergänzte hohl: »Oder du.«

Naja. Die Töpfe stehen jetzt, nach einem kleinen Grenzkonflikt, den eine Porzellanschüssel nicht überstand, auf der Waschmaschine. Das ist umständlich, weil man diese Maschine öfters braucht als eine Werkbank. Auf der Werkbank liegt unterdessen, weil das auf Buchenholz hübsch aussieht, das Gemüse. Ein neuer Spunk hat sich auch schon eingefunden. Und in ein paar Jahren werde ich hier wohl wieder eine Entdeckung machen.

Erwache und lache

Neulich haben wir einen Tenor betrogen. Er übernachtete bei uns, und als er am ersten Morgen in die Küche trat, stand alles bereit. Kaffee, Rührei mit Speck, Apfelgelee, Brötchen, Fans. Alles, was ein 105-Kilo-Mann braucht, um gut in den Tag zu kommen. Erfreulicherweise fand er das ganz selbstverständlich. Er schien anzunehmen, daß es hier immer so zugeht.

Die Wahrheit wäre ja auch zu grausam gewesen: Zwei Menschen, die sich mit je einem Becher Heißgetränk in der Hand wortlos in der Wohnung verteilen, um die Zeitung bzw. die Werbebeilagen durchzusehen. Man soll nicht glauben, Menschen zu kennen, nur weil man mit ihnen gefrühstückt hat. Gerade um diese Zeit sind viele noch so durchsichtig, dass sie alles tun, um nicht durchschaut zu werden.

Darum auch hat morgens eigentlich niemand, ganz gleich in welchem Zustand, wirklich Lust auf dolle Gespräche. Und trotzdem fühlen sich Gastgeber wie Gäste gerade dann zu frischer Kommunikation verpflichtet. Da ist es hilfreich, mit einem vollgepackten Frühstückstisch eine Reihe harmloser Themen bereitzustellen: »Und die Marmelade hier, auch selbstgemacht? Dann probier ich die mal…«

Ich habe als Gastgeber wie als Gast mal genauer darauf geachtet, wie man eigentlich morgens vor Zeugen so ins Gleis kommt, und ganz unterschiedliche Techniken entdeckt. Ein Extremfall unter den Frühstücksneurotikern ist zweifellos der Dirigent. Normalerweise eine souveräne Gestalt, stand er morgens um zehn in seiner Küche so verlegen wie eine Pensionswirtin, die um ihre Lizenz fürchtet.

Er habe nicht mehr genug Butter, erklärte er und griff zum Handy, um seiner Freundin, die gar nicht für Butter zuständig ist, zu erklären, dass sein Gast gleich gezwungen sein werde, Margarine zu essen. Dann machte er einen bildbandreif guten Espresso, kippte zehn Brötchen für zwei Personen auf den Tisch und ermunterte mich, zu krümeln, weil es bei ihm »sowieso viel zu sauber« sei.

Auffallend ist die Qualität der Heißgetränke bei andern Leuten. Neben dem Espresso des Dirigenten hat sich mir der Kaffee der Nürnberger eingeprägt – ein derartig starker Sud, daß man nach den ersten Schlucken die Tasse nicht mehr ruhig auf die Untertasse stellen kann. Um das rhythmische Klappern des Porzellans beim Absetzen zu übertönen, ist der Gast gern bereit, forsch ein Gespräch zu beginnen.

Wenn er dann, Schweiß auf der Stirn, auch den Kaffee lobt, gesteht die Nürnbergerin, daß sie ihn viel zu stark finde, ihr Mann dies aber schätze, ganz abgesehen davon, daß sie sonst »sowieso nicht so frühstücken« würden. Die Thüringer in Schmalkalden hingegen taten so, als sei ihr Frühstückstisch grundsätzlich mit 20 Kilo Wurstwaren gepflastert.

Andere essen grundsätzlich gar nichts, liefern aber aktuelle Begründungen dafür. Der Kölner Sternenexperte etwa taumelte unter Bekundung von Schmerzen in die noch vom Vorabend gezeichnete Küche, machte sich grünen Tee und war dankbar, dass auch ich noch nicht sprechen konnte, aber schon ganz allein die Brötchen gefunden hatte.

Auch Gäste arbeiten gelegentlich mit somatischen Techniken, um die schwierigen ersten Stunden zu überbrücken. Wie der Computerfachmann, der trotz seiner panischen Angst vor der Tiefebene gelegentlich zu uns kommt. Er hat jedesmal eine Allergie. Mit umschatteten Augen sitzt er vor seinem Kaffee (»Brötchen? Um Himmels willen, ich krieg jetzt nichts runter!«) und erzählt von der eben verbrachten grausamsten Nacht seines Lebens. Vom Staub, von den Mükken, vielleicht auch ungünstigen Erdströmungen.

So hat jeder seine Methode, in den ersten Stunden eine Rolle zu finden. Dem Tenor fiel es naturgemäß am leichtesten. Am zweiten Tag kam er, Tonleitern andeutend, in die Küche, und verlangte gleich das Apfelgelee. »Apfelgelee her, sonst mach ich hier Randale!«, drohte er heiter. Keine Frage, er wird seinen Weg machen. Wir andern natürlich auch. Aber eben jeder so, wie er frühstückt.

Agropyron repens, Teil zwei

Schon einmal wurde hier vom Kampf gegen das Böse berichtet, wie es uns in Gestalt der Quecke entgegentritt bzw. die Beete durchwuchert. Nette Leute haben mir dazu ihre moralische Unterstützung, ja fast schon uneingeschränkte Solidarität ausgesprochen. Aber es ist weiterhin alles gar nicht so einfach.

Einerseits war die Welt selten so klar wie jetzt mit diesem Feindbild, das sich mit jeder Gartengrabung ins noch Schaurigere korrigiert. Nicht nur Blumenzwiebeln hat »Agropyron repens« unter einem dem Menschenohr unhörbaren widerlichem Kreischen durchbohrt, sondern auch Wurzelstränge, was ja noch viel umständlicher, raffinierter ist und die Mordlust der Quecke ins Satanische rückt.

Erstaunlicherweise gedeihen aber manche dieser penetrierten Zwiebeln und Wurzeln einfach weiter wie gehabt, und ich muss mich entscheiden: Wenn sie bleiben, bleibt auch der Würger. Oder es gibt »Kollateralschäden«... Andere Pflanzen wiederum sind zu groß oder zu empfindlich, um sie für den Vernichtungsfeldzug zu evakuieren. Unterm Kirschbaum und den Rosenstöcken ist die Quecke sicher. Und sie weiß es!

Ja, ich nehme das Kraut schon wahr wie eine Persönlichkeit. Was bleibt einem übrig, der sehen muss, wie die nach Gemetzeln verbliebenen Stränge geradezu höhnisch und sternförmig auf den jungen Kirschbaum zulaufen, dem das egal ist und den ich nicht antasten kann. Da befriedigt es, wenn man anderswo eine geradezu hirnartige Anballung der Killerwurzeln ausheben kann. Vielleicht war ja genau das die Zentrale dieser Terroristen? Oder eine Attrappe, mich in Sicherheit zu wiegen?

Als ich triumphierend das Zeug ans Licht zerrte, fiel mir plötzlich der Mäusejäger ein. Ich hatte ihn bei einer Gartenparty kennengelernt, wo er von seinem Hass und seiner Jagd auf Mäuse erzählte. Mit der Schaufel erschlage er die! Je mehr er sich in Rage redete, desto ähnlicher wurde er dem Gegen-

stand seiner Abneigung. Es war erschreckend! Seine langen oberen Schneidezähne fielen mir auf, die spitze Nase, die Abwesenheit von Witz in seinen funkelnden Augen. Entweder wütete er wider die eigene Maushaftigkeit, oder letztere stellte sich einfach durch zu intensive Auseinandersetzung ein...

Einer Maus möchte ich nicht ähneln, noch weniger aber einer Quecke. Ich darf nicht mehr so emotional vorgehen. Habe auch nachgelesen, dass der Wurzelstock als harntreibend, blutreinigend, reizmildernd gilt. Es gibt ja auch zu denken, dass »Agropyron repens« ins Beet, zur Kultur drängt, obwohl er sich in der wilden Wiese daneben doch legal austoben darf.

Womöglich erhofft sich das Unkraut gar Läuterung, wenn es Blumen attackiert. Wahrscheinlich provoziert die Ordnung die Unordnung. Aber heisst alles verstehen alles verzeihen? Rechnet die Quecke sich schon Chancen aus, weil ich Kriegsdienstverweigerer bin? Irgendwo muss ich mit der Aggression doch hin. Harhar! Her mit der Grabgabel!

Es führt kein Weg zurück

Manche Gesetze des Universums sind so ungerecht, daß man an ihnen erst richtig zum Menschen in all seiner Tragik und Größe wird. Etwa das Gesetz der zwei Schlangen. Traditionellerweise sind ja in jedem Postamt, das auf sich hält, von vier Schaltern immer nur zwei geöffnet. Und vor jedem Schalter steht eine beträchtliche Kundenreihe. Welche ist schneller?

Wer sich diese Frage stellt, hat schon verloren. Wer auch nur den Hauch einer Ahnung lang überlegt, welche Schlange er verlängern sollte, wird die falsche erwischen. So will es das Gesetz. Ablenken hilft nichts. Auch nicht, daß ich mir dieses Mal zunächst ein Zehnerpack »Versandtaschen C5« aus dem Ständer hole, an den Schlangen scheinbar nicht interessiert. Ich reiße es auf, adressiere einen Umschlag und stelle mich links an, mit einer Munterkeit, die aber schon etwas Lauerndes hat, wie mir im Rückblick klar wird.

Den Koffer behalte ich selbstverständlich in der Hand. Schließlich ist die Schlange gar nicht so lang. Die kleine junge Frau da vorn am Schalter spricht ziemlich laut, man hört Sachen wie »ach, das hab ich gar nicht gewußt« und »also jedes einzeln?« Wieso jedes? Mal spähen. Ein ganzer Packen Briefe. Das ist ja an sich nichts schlimmes. Aber was macht der da mit den Briefen?

Na egal. Am andern Schalter werden offenbar auch aufwendigere Sendungen spediert. Erstaunlich, wie ruhig und geradezu ausgeglichen diese Beamten wirken. Oder Angestellte? Ist nicht alles umstrukturiert? Neben dem Ständer mit Versandtaschen befindet sich ein Ständer mit Grußpostkarten. Grinsende Katzenmutanten in Latzhosen fahren darauf Achterbahn oder machen anderen Unsinn, zwei werden gerade gekocht, darüber steht »Auf jeden Topf paßt ein Deckel«, und an der Hülle klebt ein Etikett mit dem Hinweis »Vermählung«. Erstaunlich, wie sich einem sowas einprägen kann.

Die kleine Frau da vorn plappert immer angeregter, während der Beamte mit kaum verhohlener Behaglichkeit große Formulare vollstempelt und abzeichnet. Draußen vorm Fenster hält ein Taxi, und der Fahrer springt mit einem Haufen Post heraus. Ein Neuer, ha! Laciate ogni speranza, voi ch´entrate! Besinnungslos stellt er sich an die andere Schlange, die in diesem Moment wie durch Zauberei eineinhalb Meter kürzer wird.

Meinen Koffer habe ich abgestellt. Links auf dem Tischchen wirbt die Post mit Faltblättern für eine neue Komplikation bei Einschreiben, man muß jetzt offenbar die Etiketten erst zerteilen, bevor man sie beschriftet, oder umgekehrt? »Neu für Sie!« wirbt die Post.

»Haben Sie auch noch welche von diesen roten Formularen?« höre ich die Frau da vorn. »Och, soo viele brauche ich gar nicht. Danke!« Die Blonde direkt vor mir stöhnt auf und wechselt zur anderen Schlange, als dritte hinter dem Taxifahrer, der bereits bedient wird. Ich würde jetzt gern gehen. Mit dem angebrochenen unbezahlten Zehnerpack Versandtaschen?

Sie ist fertig! »Tschühüüs!« Nicht anschauen, vielleicht können Blicke doch töten. Der nächste hebt Geld ab. Die Japanerin nach ihm hat eine halbe Stunde gewartet, um zu erfahren, daß sie zum Giroamt muß. Mit seltsamem Lächeln geht sie hinaus. Jetzt ich. »Guten Tag«. Die drei Silben versiegeln Abgründe von Verbitterung. Dann lasse ich mir in aller Ruhe die Sondermarken zeigen.

Die Bunzlauers kommen

Jedes Extrem ist im Normalfall schon angelegt, und in jedem Glas Wein lauert schon die Trunksucht. Aber wie lange ist normal normal? Und gibt es eigentlich Untersuchungen betreffend das gesteigerte Interesse an Bunzlauer Keramik? Ich wüsste gern, ob der Besitz von mehr als zehn braunen, grob glasierten Schüsseln, Amporen, Bechern und Vasen eine kritische Masse darstellt, die einen zwingt, immer mehr davon zu erwerben. Meine Mitbewohnerin hat dieses Zeug, dieses Steinzeug, immer gemocht, und ich fand ihre paar Teile passend für Gänseschmalz, Feldblumen und rostige Schrauben. Rustikale Akzente.

So war das bis vor ein paar Wochen. Dann kehrte sie von einer Reise zurück mit den Worten: »Hier wird jetzt alles anders.« Ich nahm an, wir würden mal ein bisschen umdekorieren, streichen, Häßlichkeiten entfernen und den Sakralkitsch aus Mexiko prominenter platzieren. Ich wusste nicht, dass sie eine Steinzeugsammlerin kennengelernt hatte. Am nächsten Tag war im nächsten Städtchen ein Antiquitätenmarkt. Sie fuhr hin und kam mit einer großen Vase und zwei Schüsseln zurück, alles Bunzlau. Die Vase hatte 20 Euro gekostet. »Ein Schnäppchen!«, triumphierte sie. »Die haben keine Ahnung!«

Ich habe auch keine Ahnung. Auf mich wirkte diese Vase vor allem massiv. »Wo willst du die denn hintun?« »Mach dir da mal keine Sorgen. Guck mal, wie gut die zu den andern Sachen passt!« Sie schleppte allerlei braune Steinzeuggefäße herbei, die sich offenbar schon in unseren Schränken befunden hatten, und stellte alles nebeneinander in der Küche auf. Dann brach sie wieder auf. Im Nachbardorf gibt es einen Antiquitätenhändler. Es gibt auch noch weitere Nachbardörfer mit weiteren Antiquitätenhändlern.

Im Laufe der Wochen fand eine wundersame Vermehrung von Bunzlauer Steinzeug statt. An jeder Ecke stieß man auf Vasen und Schüsseln. Es war, als sei eine Familie eingezogen, schweigsam und unausweichlich. Die Bunzlauers. Nachdem sie mit Ausnahme meines Arbeitszimmers jeden Raum erobert hatten, setzten sie zum Sturm auf den alten Kartenspieltisch an. Er steht im Eingang und war immer neutral: Leer bis auf die Post, die der Briefträger dort ablegt und abholt. Aber seit zwei Tagen haben sich dort sämtliche Bunzlauers zusammengerottet.

Wer das Haus betritt, sieht sich einem Steinzeuggebirge gegenüber, in dem man genug Vorräte für eine Belagerung verstauen könnte. Doch die Gefäße bedürfen keiner Füllung zu ihrer Legitimierung. Sie sind einfach da. Sie siedeln. Letzte Nacht habe ich die fette Vase dabei erwischt, wie sie zu meinem Arbeitszimmer hochkroch. Aber die Treppe ist zu steil, heute stand die Vase wieder auf dem Tisch. »Macht ihr hier'n Laden auf?«, fragte eine Nachbarin, als sie die keramische Großfamilie erblickte. »Würdest du uns denn was abnehmen?«, fragte ich. Aber die Bunzlauers bleiben. »Du wohnst hier schließlich nicht allein«, sagt die Sammlerin. Das kann ich wirklich nur bestätigen.

Man legt die Brille ab, bildet mit Händen und Füßen eine Art Bank und senkt sich dem Boden zu, bis die Maserung im Holz klar erkennbar ist. Dann wird der Körper wieder hochgedrückt. Dieser Vorgang ist als »Liegestütz« bekannt und kann bei Männern zwischen 25 und 65 beobachtet werden.

Wenn sie sich beobachten ließen. Aber wer hat schon gern Zeugen in dem Moment, da ihm die Arme wegbrechen und er platt auf dem Boden liegt wie in Anbetung eines Götzen, japsend, bis als erste artikulierte Äußerung ein »Boah Ey« dem Selbstgeknechteten entfährt und ein »Sechzehn! Nicht schlecht!«

Andächtig betastet er seine Oberarme und träumt von dem Tag, an dem sich das Hemd über ihnen spannen wird statt über dem Bauch, während glänzende Muskelplatten rechts und links des Brustbeins vibrieren. Im Fitnessklub kann man so etwas natürlich jeden Tag beobachten.

Aber groß ist die Dunkelziffer derer, die es lieber heimlich tun. Gestalten von so fragwürdiger körperlicher Verfassung, daß sie keine Zeugen ihrer Exerzitien wünschen, Schreibtischschaffende mit ideologischen Grundbedenken gegen alles, was mit Sport zu tun hat. Und dem märchenhaften Wunsch, dennoch stark und schön zu werden.

In meiner Familie war »Sport« ein anderes Wort für »blöd«, und wenn mich meine Eltern bei Muskelübungen am offenen Fenster erwischt hätten, hätte sie das noch trauriger gemacht als etwa das verbotene Belauschen der deutschen Schlagerparade. Ich wurde also einer von den Blöden im Sportunterricht, die immer zuletzt in die Mannschaft gewählt werden.

Mein Opa hätte gern einen tüchtigeren Enkel gehabt. Er sagte immer »mens sana in corpore sano« und beherrschte noch mit 70 den sogenannten Schustersprung vom Dreimeterbrett, jedenfalls bis zu dem Tag, als er mit dem Kopf auf dem Brett anstatt im Wasser landete. Er rappelte sich wieder

auf, aber mein Interesse am Sportlichen wuchs durch dieses Ereignis nicht.

Das ist lange her. Mittlerweile verteilen sich die Nudelgerichte nicht mehr in meinem Körper, sondern ballen sich über der Gürtellinie. Ungefähr seit dieser Zeit finde ich Arnold Schwarzenegger gut mit der Begründung, er sei ein ironisch subtiler Charakterdarsteller: Mein Versuch, den Kulturbegriff über die Nudelgerichte hinaus zu erweitern, bis auch Muskelübungen hineinpassen.

Neulich habe ich sogar einem Freund bekannt, was ich heimlich treibe. »Sechzehn?« sagte er nachdenklich, ging – nach dem Essen! – zu Boden, führte zwanzig push ups (wie er sie nannte) vor und meinte, er sei nicht in Form. Ich war wie vernichtet. Es gibt doch Dinge, die ein Mann keinem andern verraten sollte.

Meist ähneln sie Churchill

Über Leute, die Kinder kriegen, läßt sich nichts sagen, ohne irgendwen zu beleidigen, und das ist schon ein Grund, das Thema...nun...»anzuschneiden« sagt man wohl besser nicht. Als allererstes ruft man am besten: »Ich habe nichts gegen Kinder, einige meiner besten Freunde sind Kinder!«

Übrigens geht es gar nicht um Kinder, sondern um Neugeborene. Den Unterschied kennen wenige Leute, es hat sich ja der Sammelbegriff »Zwerge« eingebürgert, in gleichem Maße zwergenverachtend wie antiaufklärerisch. Neugeborene sind Kinder, die nicht sprechen können und alle gleich aussehen.

»Wie bitte?« rufen jetzt entsetzt die Eltern und heuchlerisch die Schwestern, die immer die Babies verwechseln, aber es ist so. Wenigstens vor dem Blick des kinderlosen »Onkels«, wie er sich fortan nennen lassen muß, erweist sich die große Ähnlichkeit aller ganz neuen Menschenwesen mit sehr alten Gestalten aus der Geschichte.

Meist ähneln sie Churchill, aber Mütter haben es nicht gern, wenn man diesen Vergleich lobend erwähnt. Und gelobt soll ja werden wie verrückt, nachdem vorher gehofft worden ist wie verrückt. Wer weiß, was da rauskommt? Trotz ihrer langjährigen Erfahrung macht die Natur immer wieder Fehler, man denke nur an ihre Entscheidung, einer Affenart das Sprechen beizubringen.

Mit dem Sprechen ist es weitgehend vorbei, wenn der Säugling seine Herrschaft antritt. »Er schläft sogar schon durch«, lautet der letzte vollständige Satz der Eltern, während der Onkel zum Wickeltisch geführt wird. Personen, die er sonst als gebildet und diskret erlebt hat, beginnen dort zu gurren und gutschigutschi zu machen.

Dann muß man die strammen Schenkel loben wie ein Geflügelhändler. »Guck mal, er mag dich«, erfährt der Gast zur Belohnung, während er sich unter dem glasigen Blick eines verfressenen kleinen Wesens windet. In Wirklichkeit wird nicht das Baby beurteilt, sondern der Onkel. Ist er die-

ser unbestechlichen Instanz gewachsen?

Berufung gegen das Urteil ist nicht möglich. Wenn der Onkel gefällt, muß er sich fragen lassen: »Wollt ihr nicht auch so'n kleinen Maxe? Dann können sie zusammen spielen!« Es klingt, als liege ein Märchenland zum Greifen nah. Alles wandelt lachend im Lichte der Natur. Man wird umgehend geadelt, achwas, geheiligt!

»Du, das kann man sich einfach nicht vorstellen, wenn man's nicht selbst erlebt hat.« Aber ich kann mir mehr vorstellen, als mir lieb ist. Ach, wenn wir einen Wurf Bären zur Welt bringen könnten! Die sehen von Anfang an prima aus, können im Garten gehalten werden, und angeben könnte man auch damit.

Aber es hilft nichts, ich muß los. Schon wieder Onkel geworden. Wieder werde ich einen grotesken Namen für originell erklären und unter Churchills Blicken frösteln. Ja, ich bin neidisch. Nicht auf die Babys. Auf die Huldigungen, die ihnen widerfahren. Als wenn wir die nicht auch nötig hätten.

Bratscher in Not

Es war nicht meine Schuld. Jedenfalls nicht nur. Ich stand mit ein paar anderen Musikern auf einem Podium und wartete auf den nächsten Einsatz in der »Marienvesper« von Monteverdi. Die Sänger sangen. Der Text besagte in etwa, dass alle Mühe vergebens ist, wenn kein Segen darauf liegt. Die Rhythmen sind sehr verzwickt und brauchen Konzentration. Da hörte ich ein scharfes, hohes Geräusch aus meinem Instrument, einer Bratsche. Knitz. Wie eine Saite kurz vorm Reißen.

Das wäre kein Problem gewesen, hätten wir uns nicht mitten in einem Konzert vor zweitausend Leuten befunden. Knitz. Man darf natürlich eine Saite auch mitten im Konzert austauschen, wenn sie knitz zu reißen droht. Aber alle vier Stränge sahen prima aus. Knitz, knitz. Während ich das Instrument untersuchte und gleichzeitig Pausentakte zählte, wurde das Geknitz immer regelmäßiger. Sollte knitz nicht doch für alle Fäknitz die A-Saite, die knitz im Verdacht hatte, herunterkurknitz? Das Instrument hatte einen richtigen Knitzauf. Ich wurde derweil von einer merkwürdigen, fast eisigen Starre gefesselt.

Dann hörte ich eine Art Wimmern. Die Musikerin neben mir stand eigentümlich gekrümmt da, hielt ihre Geige schützend vors Gesicht und bebte. Sie lachte. Beziehungsweise sie versuchte, nicht zu lachen. Ein Lachanfall in einem Konzert mit geistlicher Musik vor zweitausend Zuhörern ist der Untergang des Abendlandes. Gerade das macht ihn so außerordentlich reizvoll. Körper und Seele sehnen sich mit allen Fasern nach dieser Entladung. Unter der Feinheit, Verletzlichkeit, Höhe der Kunst brodelt ein ungeheures Potential, und mein Störgeräusch hatte die Schicht dazwischen perforiert.

Es tickte jetzt mit der Bedrohlichkeit einer Zeitbombe vor sich hin. Der Cellist saß hochaufgerichtet und bleich da, er rechnete mit dem Schlimmsten. Die Sänger sangen und

sangen. Die Geigerin hielt sich mit letzter Kraft. Wann endlich kam unser erlösender Einsatz? Wenn man spielen kann, ist alles gut. Es war unter diesen Umständen allerdings nicht leicht, den Einsatz zu erwischen. Ich weiß auch nicht, ob wir es ohne Verluste geschafft haben. Meiner Nachbarin liefen die Tränen übers Gesicht, während wir auf die Schlußkurve zufiedelten. Und unter meinen Fingern knitzte es noch immer.

Schlußakkord. Nächstes Stück. Ich saß da wie gelähmt und preßte meine Hand auf die Saiten. Alle meine Nachbarn hatten jetzt hochrote Gesichter, zuckende Mundwinkel, seltsam glänzende Augen und blickten mich flehend an. Ich erhob mich und verließ die Bühne. Draußen kurbelte ich die höchste Saite herunter. Sie war völlig intakt. Ich kurbelte sie wieder herauf. »Benedicta es, virgo Maria, in saeculorum saecula«, sangen sie vorn, aber ich starrte nach oben: Mir war, als hörte ich die Jungfrau Maria kichern. Danach gab es keine Probleme mehr.

Dank sei den Dioramen

Wenn der Himmel von nuancenlosem Grau bedeckt ist, aus dem es noch nicht einmal regnet, sondern unentschlossen tröpfelt, während auch der Wind nicht richtig an den Mänteln zerrt, sondern nur klamm in ihre Lücken hineinfingert, dann sollte man ins Museum gehen. Dort ist die Welt nicht wischiwaschi, sondern gut und fest sortiert.

Besonders schön ist es in fremden Städten am Werktag, wenn man als Reisender sowieso etwas neben dem Alltag steht und geht und ein paar Stunden Zeit hat. Das Museum ist fast leer, die Aufseher langweilen sich, nur ab und zu tobt eine Schulklasse durch die Säle, ein Hauch von Ewigkeit liegt reglos über den Vitrinen.

Man hat den feuchten Mantel abgegeben und schreitet durch die Sammlungen. Von ferne rauscht die Stadt, während der Blick auf Ammoniten und Belemniten fällt. Mit denen fängt es immer an im Naturkundemuseum. Und jedesmal versucht man sich zu merken, welches Relikt zu welchem Erdzeitalter gehört.

Vergeblich, aber das macht nichts. Die Schautafeln und Tabellen über den Fossilien belegen ja, dass wenigstens die Wissenschaftler einigen Durchblick haben. Ich habe nur einen Lexikonsatz behalten, weil ihn Max Frisch zum Buchtitel machte: »Der Mensch erscheint im Holozän.« Wann immer das gewesen sein mag.

Vorher aber erschienen die Saurier. Es waren ihrer so viele, dass für jedes Naturkundemuseum der Welt wenigstens ein Skelett, ein Pfotenabdruck und ein Unterkiefer dabei abfielen, und vor diesen großen Teilen stehen die Schulklassen ebenso gern wie die einsamen Flaneure. Sehnsucht nach fernen Dschungeln füllt ihren Blick.

In der Ecke steht ein undeutlich vor sich hin redender Monitor mit interaktivem Bedienpult, aber wer will im Museum schon – schon wieder – einen Bildschirm flackern sehen? Uns, die Flaneure wie die Kinder, zieht es zur Ewigkeit der Dioramen, den starren Szenen hinter Glas.

Sie sind wie schon vor dreißig und vor hundert Jahren. Ausgestopfte Tiere genießen ihr Biotop. Die Bäume vorne sind echt, die hinten gemalt, eine Ente teilt das Wasser eines gläsernen Tümpels, Ratten klettern an einer Stalltür empor, auf der gilbende Watte als Schnee befestigt ist, und eine echte tote Möwe schwebt vor gegipsten Klippen.

Hier ist es am schönsten. Es sind lauter kleine Theaterbühnen, gewidmet dem einzigen Wunsch, es möge mal ein Moment für immer verweilen. So liebevoll ist der glasäugige Dachs im Unterholz arrangiert, dass man ihn fast um seine Geborgenheit beneidet. Doch dann müsste man sich ausstopfen lassen.

Gehen wir! Der graue Himmel draußen ist nicht gemalt, der Regen ist echt, die Passanten leben. Beim Blick auf die Uhr sorgt der Gedanke an die Erdzeitalter für leichten Taumel. Der Wind weht aus der weiten Welt heran. Wenn sie uns wieder nervt, wissen wir, wo man hingehen kannn.

Touristen in Gefahr

Vielleicht war es schon Fatalismus angesichts der Weltschräglage oder umgekehrt Mangel an privaten Abenteuern, jedenfalls haben wir freiwillig neben einem der größten Atomkraftwerke Europas übernachtet, im schönen Städtchen Huy, Belgien. Man sieht die drei Reaktoren zwar nicht, wenn man da auf dem Marktplatz steht, sie brüten eine Flußbiegung weiter. Aber ihretwegen gehört das Tal der Meuse nicht gerade zu den begehrtesten Plätzen im Abendland. Eine ungeheure Dampfwolke steht jederzeit am Himmel, das Städtchen daneben pflegt geradezu trotzig seine alten Fassaden.

»Wir müssen da nicht hin«, sagte ich und steuerte durch die Dämmerung, »aber irgendwo müssen wir übernachten! Und es ist doch hübsch da.« Das letzte Mal waren wir in Huy abgestiegen, ohne sein Geheimnis zu kennen. »Von mir aus«, sagte meine Freundin, erschöpft von acht Stunden Fahrt. »Außerdem«, meinte ich, »hier leben Tausende das ganze Jahr über! Die Meiler werden ja nicht grade heute durchbrennen.« Ein leichtes Unbehagen beschlich uns, aber es reizte mich, darüber hinwegzugehen. Beim Aussteigen vorm Hotel wurde uns etwas schwindlig. Naja, nach der Fahrerei…

Und falls es sich doch um Strahlenkrankheit handeln sollte, half der Rotwein in der Brasserie vorzüglich über die Symptome hinweg. Ich bestellte außerdem ein Rindersteak. »BSE und Gammastrahlung heben sich auf«, erklärte ich kühn, obwohl diese Quacksalberei für den Fall, dass entweder nur Strahlung oder nur Viren zum Einsatz kämen, wenig tröstlich war. Aber nichts ist so wirksam wie ein guter Rotwein, ein zartes Steak, goldene Fritten und ein Gastraum voller lärmender Belgier an Holztischen. Wir vergaßen nach den

Reaktoren auch die Weltlage und überlegten lieber, was »Zahnstocher« auf Französisch heißt.

»Brochette à dent«, schlug meine Freundin erst mir und dann dem Kellner vor, der breit grinsend das Gewünschte brachte und glücklicherweise nicht das Gesagte, denn eine brochette ist ein kleiner Bratspieß und in jedem Fall zu groß für dezente Arbeit am Gebiss. Es ist schön, wenn abstrakte große Bedrohungen handfesten lösbaren Problemen weichen. Nur das Fensterproblem war unlösbar. Unser Hotelzimmer barg den Muff von Jahrzehnten, aber bei geöffnetem Fenster war der nächtliche Verkehr vorm Haus zu laut. »Ich werde ersticken«, klagte sie und schlief dann glücklich durch.

Ich nicht. Etwa um zwei hörte ich von ferne einen Hupton, von dem ich sofort überzeugt war, es sei eine Nuklearsirene. »Das habe ich nun von meiner Katastrophenkoketterie«, dachte ich und lauschte. Wahrscheinlich begannen sie schon mit der Evakuierung. Wir würden in einer leeren, abgesperrten Stadt erwachen. Falls überhaupt. Geht nicht immer schief, was schiefgehen kann? Nein. Wir erwachten von alltäglichem Verkehrslärm, blinzelten in die Sonne, tranken den schlechtesten Kaffee der Welt und fuhren los. Die Meiler dampften friedlich vor sich hin. Mehr Abenteuer muss nicht sein.

Zu blöd zum Bügeln

Irgendwann wird man halt spießig. »Spießig« kommt über »Spießer« von »Spießbürger«, was schon vor 350 Jahren ein Scheltwort für die bewaffneten, auf ihren Besitz bedachten, real wie mental ummauerten Stadtbürger wurde. Und ich habe statt des Spießes ein Bügeleisen in der Hand und verteidige meinen schönsten Besitz, einen Stapel von Hemden, gegen den Feind, die Knitterfalte. Früher, als ich mental noch offener war, durfte der Knitter hausen und nisten und marodieren, wie er wollte. Ich ging unbekümmert ungebügelt. Wer es scheel besah, war spießig. Nun werde ich es selbst.

Zwar bin ich noch nicht so weit, andere Leute nach der Glätte ihres Tuchs zu taxieren (dem Kenner sagt, so hört man, das Schuhwerk ohnehin mehr über Stil und Status), aber ich bügele. Angefangen hat die Sache neulich, als ich ein Hemd erstanden hatte und zuhause feststellte, wie gepflegt dieses Hemd wirkte verglichen mit denen, die da über Bügel, Stuhllehnen und in Regale geknüselt waren. Die Falten ließen sie älter wirken, als sie waren. Der Gedanke, solche Falten wegzubügeln, steht vermutlich in gewisser Beziehung zu den nicht mehr wegbügelbaren Falten, die das Leben einem auf die Stirn graviert.

Hinzu kommt der ebenfalls altersabhängige Geiz. Sogar die reiche Madonna ist geizig geworden, seit sie die 40 überschritt. Mir kam die Idee, dass Glätte nicht nur in Form neuer Hemden erworben, sondern auch in Form alter Hemden erbügelt werden kann. Wenn man kann. Wenn diese Hemden nicht so dämlich gebaut wären, dass sie wegrutschen, während man die eine Ärmelseite plättet, dass außerdem die andere Ärmelseite dabei schlimmere Falten als vorher kriegt, deren Beseitigung wiederum die bereits glatte Seite… gibt es irgendeine schlichte Tätigkeit auf der Welt, die nicht erst geübt werden muss?

Das Bügeln gehört jedenfalls nicht dazu. Ich übte. Ich lernte. Zupfte und zürnte, glättete und ächzte. Ich entwickelte verfassungswidrige Phantasien über Leute, die fürs Bügeln zu schade sind, und Leute, die fürs Bügeln geboren sind, ich rief mich zur moralischen Ordnung und gedachte Mahatma Gandhis, der sogar darauf bestand, selbst das Klo zu putzen, dann beschimpfte ich die Hemden, ihre tückischen Nähte, ihre nur quantentheroretisch zu beschreibende Zerrungslogik. Und irgendwann setzte die Trance ein, die Ergebung. Stille, Stillstand, Stoffgeruch. Ein Hemd nach dem andern. Beim vierten brauchte ich nur noch 20 Minuten.

Nach dem letzten zog ich den Stecker raus und sah mir das erste an. Es genügte meinen Ansprüchen nicht mehr. »Stümper! Schlampe! Das machen wir gleich noch mal!«, rügte ich mich streng und nahm erneut das Eisen zur Hand. Wie geübt ich nun war! Aber auch nach 10 Minuten war noch nichts glatt. Der Stecker lag neben der Dose. Da wusste ich, dass ich noch kein echter Spießer bin. Denn dafür muss man erstmal das Stadium des Trottels hinter sich bringen.

Salazar ist kein Gewürz

Ach, Atlantik! Schon rieselt Sand vom Strand aus den mitgebrachten Zeitungen, die wir mit der Geduld des Urlaubers bis zur letzten Meldung »Ökoschwein beisst Landwirtschaftsminister« durchgelesen haben. Nein, zugegeben, diese Meldung, hätte es sie je gegeben, läse man natürlich zuerst. Jedenfalls verblassen nun auch die markantesten heimischen Vorgänge am Horizont, ohne dass ihre Vertrautheit schon durch eine neue ersetzt wäre, die mit dem Urlaubsland: Wo sind wir hier eigentlich?

Am Meer, das ist das wichtigste. Und sonst? Portugal, sagen wir mal. Man muss nichts über Portugal wissen, um einkaufen zu gehen, außer vielleicht, dass »Salazar« kein Gewürz ist. Salazar war ein Diktator, längst ist er weg, seither ist das hier ein Urlaubsland. Aber, fragen wir uns, am Pool von atlantischen Wogen ausruhend, was war denn vorher? Nicht die Gegenwart interessiert den Urlauber, falls ihn außer Sand, Sonne und Supermarkt noch was reizt, sondern die Geschichte.

Hier kommt der Reiseführer ins Spiel. Jetzt, in der Luft der Fremde, könnte doch die Historie ins Begreifbare aufblühen. »1828: Nach einer Konterrevolution annulliert Miguel die Verfassung und lässt sich selbst von den Cortes als Miguel I zum König wählen.« Aha. Dann kommen im Verlauf der »Miguellistenkriege«, von denen man offenbar gehört haben sollte, auch schon »Pedro I« und »Pedro II« ins Spiel, die aber mit »Pedro dem Grausamen« nichts zu tun haben, der war früher dran.

Je länger man durch die Zeilen stolpert, desto grotesker wird die Geschichte, genauer die Geschichtsschreibung überhaupt, die alles auf Königsnamen und das ewige Hin und Her von Reaktionären und Reformern zusammenkocht und Jahrzehnte in ein Zeilchen quetschen muss. Irgendeiner geht immer grad ins Exil, während ein anderer zurückkehrt, dann wird eine Grenze verschoben, wofür entweder eine Mätresse

oder die Engländer verantwortlich sind, und dann »lässt« sich wieder wer krönen.

In diesem »lässt« steckt all der Nebel, der nun unsichtbar den Liegestuhl umdampft und die Vergangenheit ins Irreale rückt. Das Wort tut seriös. Aber welche Mogeleien und Zufälle dahinterstecken, wenn Pedro oder Miguel oder Maria die Wahnsinnige oder Hermann der Heuler plötzlich mit dem Szepter wüten, weiß in Wahrheit keiner, und schon damals war es so unklar, wie es jetzt uns Zeitgenossen unklar ist, warum die Amerikaner den einen zum Chef wählten und den andern bekamen.

Ach, und vorerst ist es uns auch wurscht wie ferne Ökoschweine. Hier blaut das atlantische Meer, über das all die Miguels in ihre Miguellistenkriege segelten, und wer weiß, wieviel U-Boote jetzt darin schwimmen. Wer die warum wohin schickt, das wird auch in ferner Zukunft das Wörtchen »lässt« beantworten müssen. Wir haben sie nicht bestellt, aber lassen wir das. Man kann sich nicht um alles kümmern und braucht Urlaub. Und aus den Zeitungen rieselt der Sand.

Wie die Welt wirklich ist

»Da sieht die Welt doch gleich ganz anders aus«, sagen Leute gern, wenn ihnen Gutes widerfährt, Freibier, Steuerrückzahlung, solche Sachen. Seltsamerweise wird der Satz nie auf die kleinen Katastrophen angewandt, die die Welt wirklich anders aussehen lassen, so, wie sie eigentlich ist, dem Menschen zwar nicht feindlich gesonnen, aber doch in großer Weite und Gleichgültigkeit sich um ihn rings erstreckend. In dieser Welt gibt es kein Auto und kein Telefon.

Manche fahren für teuer Geld in entlegene Täler, um diese Welt freiwillig zu erleben, aber in ihrer Wahrheit kann man sie nur unfreiwillig erleben, wie der aus dem Buschwerk taumelnde Hominide, der ausgeliefert auf das Afrika des Jahres 6020341 vor Christus späht. Wie der Landbewohner, dem zuerst das Auto kaputt geht und dann das Modem und der sich mitten in der Zivilisation aber sowas von ausgeliefert fühlt, dass sein Dorf auch gleich ganz anders aussieht.

Zum Beispiel die niedliche hölzerne Bushaltestelle, in der gelegentlich Radfahrer den Regen abwarten. Wann da eigentlich die Busse fahren, habe ich mich nie gefragt. Jetzt erfahre ich, während eines anhaltenden Wolkenbruchs, dass es nachmittags nur einen zum Städtchen gibt, um 16.14 Uhr, aber nur während der Schulzeit, sonst erst um 16.31 Uhr. Na immerhin. Aber um 16.31 kommt kein Bus. Sind die Ferien etwa doch schon vorbei? Warten, warten.

Im Holzhäuschen steht »Jasmin W. ist eine Schlampe« und »Gott sei Punk« und »Punx und Skinz vereint Böhse Onkelz«, und ungefähr zwölf Vornamen werden in Krakelschrift mit sexuellen Praktiken in Zusammenhang gebracht, nichts neues unter den Wolken, aber vorher fand ich die Hütte niedlicher. Kein Bus, nirgends. Die Tankstelle schräg gegenüber erregt meinen Neid mit jedem Wagen, der auf den Vorplatz kurvt und betankt wird. Mein Wagen wird noch repariert.

Dann muss ich halt ein Taxi nehmen, aber wie ruft man es herbei? Die nächste Zelle, eine der letzten überhaupt, ist bei der Kirche, zu weit bei dem Regen, also werde ich nochmal versuchen, das Modem klarzukriegen, anstatt ein neues zu kaufen. Wie es einem den Boden wegzieht, wenn im Telefon nur noch ein Besetztzeichen zu hören ist und nicht das herrliche 430-Hertz-A der Amtsleitung, dieser Weg und Leitstrahl in die Welt! Ängste keimen, dass genau jetzt entscheidende Anrufe kämen, könnten sie nur.

Wie einsam das Häuschen hier im Regen steht, wie verschlossen die Häuser der Nachbarn, die alle woanders arbeiten. Nicht mal Post gab es! Trostlos schlägt die Kirchuhr. Meine Schultern hängen, ich werde meinem afrikanischen Vorfahren immer ähnlicher und stoße Grunzlaute aus, während ich ins Arbeitszimmer tappe. Ich rüttle an den Kabeln wie der Hominide am Gestrüpp. Eins ist locker. Feststecken. »Oh.« Das Modem leuchtet auf, die Amtsleitung singt wieder.

Der Werkstattmann erklärt am Telefon, das Auto sei fertig. »Das ist ja großartig«, sage ich. »Ja«, sagt er, »da sieht die Welt doch gleich ganz anders aus, was?«

Ach was, ich habe nichts gegen Kinder. Ich finde sogar, sie sollten die Möglichkeit haben, Grünspargelschaum auf mariniertem Thunfisch zu verzehren. Jedenfalls fand ich das neulich noch, als zum Spargelexperimentalmenü meiner Mitbewohnerin unsere traditionellen Spargelmitesser zu Besuch kamen und ihren Sohn mitbrachten.

Er ist etwa sieben Jahre alt, gewitzt und nett und von zu Hause schon allerlei gewöhnt, nur eben nicht an Grünspargelschaum auf mariniertem Thunfisch. »Das ist ja GRÜNSPARGEL!«, rief er, als das in der Abendsonne aufglühende Vorspeisenglas vor ihm niedergesetzt wurde. Spargel muss für ihn weiss sein.

»Aber da ist noch was drunter«, sagte seine Mutter, »das musst du wenigstens probieren. Ganz feiner Thunfisch.« »FISCH!«, rief er aus. »Nee…«, und glitt halb vom Stuhl. Wir sahen uns wissend an. Es würden noch sechs Gänge kommen. Der Hunger würde ihm das schon reintreiben. »Wir können uns sein Glas ja teilen«, meinte ich.

»Kommt nicht in Frage. Dann habt ihr nachher keinen Appetit mehr«, sagte die Köchin und räumte ab. Nun kam die Kerbelsuppe mit Grünspargel und Flusskrebsen. Das Problem war für den jüngsten Gast diesmal nicht der Grünspargel. »Das schmeckt so nach KERBEL!«, klagte er nach einem Löffel. Was allerdings stimmte. Kerbel kann sehr dominant sein.

Und der Salat von weißem Spargel und frischen Erbsen? Wir waren inzwischen von Champagner zu Pinot blanc übergegangen und in überaus toleranter Laune. Das schien den Knaben anzustecken, und er nahm gnädig ein paar Stückchen zu sich. Sie seien, bemerkte er, »ganz kalt.« »Tja«, meinte die Köchin, »warme Suppe wolltest du ja nicht.«

Bei den Giersch-Ravioli mit Ziegenfrischkäse-Grünspargelfüllung erwischte es ihn. Er gabelte schon, als noch nicht alle Teller standen. »Warum denn?«, sagte ich. »Giersch ist Unkraut, und außerdem enthält die Füllung Grünspargel!« Er blickte amüsiert auf und verschlang das Gericht. Während das nächste keine Gnade fand. »Das schmeckt nach FISCH!«

In der Tat. Bei einem Zanderfilet lässt sich dieser Eindruck nicht ganz vermeiden, auch wenn Spargel-Möhren-Streifchen und Saubohnenpüree es begleiten. Sodann nahte, im wunderbaren Schatten einer Flasche Leoville Barton, die Perlhuhnbrust mit Spargel-Morchel-Ragout. Dem Knaben fehlten die Worte. »IHHH...«, machte er theatralisch.

»Ich glaube, wir bringen Dir ein bisschen Katzenfutter«, sagte ich streng. Er solle sich mal vorstellen, wie das wäre, wenn ich zu seiner Lieblingsspeise sagte: »Das ist ja widerlich.« Die Vorstellung gefiel ihm. Er lächelte anerkennend herüber. Der Nachtisch kam wieder gut an: Panna cotta. »Sowas isst du? Sowas Schwabbliges?«

»Aber ohne SPARGEL«, konterte er und hieb ein.

Ja, wahrscheinlich waren wir alle mal so. Das nennt man dann glückliche Kindheit. Gut, wenn man sie hinter sich hat. Jemand noch Espresso?

Schließung einer Apotheke

In den unendlichen Weiten zwischen den Weltstädten Hamburg und Hannover liegt eine jener stadtähnlichen Ortschaften, in denen das Leben noch überschaubar ist und doch eine gewisse Geschäftigkeit vorweist. Es gibt Butiken und drei Ampeln, drei Bäcker und einen Buchhändler, und gelegentlich verteilt die Polizei Umfragebögen, in denen sie erfahren möchte, ob sich jemand bedroht fühlt.

In der unbedrohlichen Atmosphäre solcher Ansiedlungen wirkt das fast, als sehne sich die Polizei nach etwas mehr Urbanität. Denn natürlich strömt die Landluft schwer und prägend durch die paar Straßen, mittags haben die allermeisten Läden zu. Die aufmüpfige Jugend verbirgt sich im Seitenweg neben dem Supermarkt und spuckt dort weltverachtend auf den Boden.

Es ist also eine kleine Sensation, wenn in so einem Städtchen eine Apotheke dichtmacht und ihr betagtes Mobiliar direkt auf dem Bürgersteig zum Kauf anbietet. Das Altehrwürdige, das den wuchtigen Schubladenschränken, den braunen Glasbehältern anhaftet, verbindet sich auf beunruhigende Art mit einem Hauch Flohmarkt und Vagabundentum.

Das Städtchen scheint rund um die Geschäftsauflösung selbst seiner provisorischen Lage, seiner disponiblen Größe gewahr zu werden. Menschen bleiben stehen. »Was ist denn hier los«, sagt streng ein älterer Herr, während seine Frau schon mit skeptischem Gesichtsausdruck alte Porzellanmörser in den Händen dreht. Dann tritt auch er näher.

Von der anderen Seite äugen Passanten herüber. Sie sind neugierig, aber sie überqueren die Straße nicht. Kein Verkehr hindert sie daran, denn Verkehr gibt es hier nur, wenn die Pendler durch das Städtchen in ihre Dörfer fahren. Was sie hindert, ist die in Jahrtausenden entwickelte landestypische Zurückhaltung.

Man folgt einem Impuls hier nicht spontan. Man geht erstmal geradeaus und wird dann den Rest des Einkaufsbummels so legen, dass er an dicht der Apotheke vorbeiführt. Vor dieser stehen jetzt ein Mann aus Pakistan, der bei der Geschäftsauflösung hilft, und ich, der einen Schrank mitnehmen will. Beide rauchen und warten auf den Laster.

Da das die Passanten nicht wissen, fragen sie sich, warum hier zusätzlich zu den Apothekenmöbeln zwei Männer auf dem Bürgersteig stehen und rauchen. Sie fragen natürlich nicht laut, aber sie gucken einen ganz genau an. Hält das Vagabundentum schon Einzug? Zum Glück trage ich meine besten Stiefel. Es ist eigentlich schön, wenn man so rätselhaft ist. Aber auch anstrengend.

Ich bin froh, als der Laster kommt und allen kenntlich wird, warum ich hier gestanden habe. Auf der Bundesstraße hinter einem Waldstück lauert die Polizei in einem Wagen. »Warum?« fragt mich der Lasterfahrer. »Hier ist doch gar keine Geschwindigkeitsbegrenzung!« »Das ist schwer zu erklären«, sage ich, und wir fahren schweigend durch die unendlichen Weiten.

Troja bei Walsrode

Wenn Wünsche in Erfüllung gehen, dann tun sie das meist anders als gedacht. Ich wollte früher Archäologe werden. Zunächst der Ägypter wegen. Die Vorstellung, Eingänge zu Königsgräbern freizuscharren und Hieroglyphen zu entziffern, beflügelte mich. Ich holte mir ein dickes Ägypterbuch aus der Stadtteilbibliothek in der Annahme, man könne daraus Hieroglyphen lernen wie Vokabeln, um später, unterm Forschungszelt vor der brennenden Sonne am Nil geschützt, Papyrusrollen zu übersetzen, von einer Assistentin bewundert, die Daphne heißen würde. Als ich erfuhr, dass es auch noch andere Hochkulturen gegeben hat, dehnte ich meine Träume auf den ganzen Nahen Osten aus und plante, auch von Troja noch Reste zu finden, die Schliemann entgangen waren.

Alle Beteiligten in diesen Träumen trugen Tropenhüte, und ständig brannte die Sonne. Offensichtlich hat es schon in meiner Kindheit in der norddeutschen Tiefebene zuviel geregnet. Auf die Idee, etwa bei Helmstedt nach Speerspitzen zu graben, wäre ich nie gekommen. Die archäologischen Triumphe von Luxor bis Hissarlik stellte ich mir indessen so plastisch vor, dass ihnen keine Realität hätte standhalten können, schon gar nicht der mühsame Bildungsweg unterm Neonlicht einer Universität, ohne Tropenhut und Spaten. Und so versank der frühe Traum wie ein schöner Tempel im Sand der Jahre, an der Oberfläche nur noch durch leichte Verwerfungen erkennbar. Bis ich eines grauen Tages in Norddeutschland ein Beet vorm Haus anlegen wollte.

Ich stieß den Spaten ins Gras – und auf Granit. Hier, da, und da auch. Nach einigem Gescharre zeigte sich, dass das kein Zufall war. Dicht an dicht waren faustgroße Steine, von der Eiszeit aus Skandinavien hergeschleppt, zum Pflaster gefügt worden. Es war berauschend, immer mehr davon freizulegen. Während ich da kniete und kratzte, verschwammen Zeiten und Länder. Hatten sich diese Bauern nicht ebensoviel Mühe gemacht wie einst die Sklaven? Brannte nicht dieselbe Sonne über Tutanchamun wie über Kaiser Wilhelm und Gerhard Schröder, über Schliemann, Lord Carnarvon und mir, wenn ich auch unter Wolken scharrte? Und war da nicht auch Daphne, meine attraktive Assistentin?

Besonders respektvoll verhielt sie sich allerdings nicht. »Du machst das viel zu oberflächlich«, meinte sie, »da ist noch überall Erde dazwischen.« Tatsächlich arbeitete sie selbst weitaus gründlicher. »Ich muss doch erstmal den Überblick gewinnen«, meinte ich, »und gucken, wo der Eingang zur Grabkammer verborgen ist.« »Hier gibt's doch nicht mal Keller!« Aber ich scharrte, bis ich fündig wurde. Es war keine Grabkammer, sondern ein gemauerter Gulli. Aber historisch! 100 Jahre mindestens! Und 10000 Jahre ist es her, dass hier der Ackerbau begann – verbreitet durch Einwanderer aus dem Nahen Osten. »Troja«, murmelte ich ergriffen. Die Sonne brach durch. Auf den Spaten gestützt, blinzelte ich ins Licht. »Daphne!«, rief ich. »Meinen Tropenhut!«

Thymian und Telekom

Da für unsere Forschungen kein Selbstversuch zu riskant ist, haben wir uns neulich einer Parallelaktion unterzogen, um an die Grenzen des menschlich Machbaren zu kommen. Die Voraussetzungen waren denkbar unfair verteilt. Der Gast, schon seit Jahren mit den Abgründen der Computerwelt befaßt, würde rasch das neue ISDN zum Laufen bringen, während ich erstmals einen Auberginenkuchen auf provençalische Art zusammenbasteln wollte.

Das ist schon ziemlich viel verlangt, wenn man immer noch einen Bildband in den Garten schleppen muß, um Thymian von Rosmarin zu unterscheiden. Für alle Fälle stellte ich ein paar Flaschen Rosé kalt, diese authentischen mit Wulst in der Mitte, und dann nahmen wir unsere Gebrauchsanweisungen zur Hand. Über meiner stand »Ganz einfach« und über seiner »Installation der Software«.

Während der Experte mit feinem Lächeln die CD ins Laufwerk gleiten ließ, fing ich schon mal an, die Auberginen vorschriftsgemäß in Scheiben zu schneiden. Wir hatten vereinbart, notfalls zum Griechen zu gehen, wenn er mit dem Installieren fertig war und Hunger hatte. Immerhin brauchen die Auberginen allein 30 Minuten, um sich mit Salz das Wasser entziehen zu lassen.

In dieser Zeit bilden sich gleichsam kleine Schweißperlen auf den Scheiben, die man mit Küchenpapier abtupfen soll. Es erwies sich im Laufe des Abends als ratsam, auch neben dem Computer etwas Küchenpapier zu deponieren. Als ich zwischendurch vorbeischaute, hatte mein Gast diverse Menues angeklickt, die sich auf dem Bildschirm dekorativ überlagerten und ihn offenbar nicht glücklich machten.

Sie trugen Namen wie »Andere Komponenten«, »Treibersoftware«, »Explorer« und so weiter, zwischen ihnen wurde immer wieder eine Sanduhr sichtbar oder ein Schildchen mit ablehnenden Hinweisen. Ich stellte dem Gast ein Glas Rosé hin und fing an, die Auberginen in Olivenöl zu braten. Dann legte ich eine Springform mit Backpapier und Auberginenscheiben aus und pürierte vorschriftsmäßig den Rest der Früchte mit Eiern, Crème fraîche, Zitronensaft und Thymianblättern (jedenfalls nehme ich an, daß es diese kleinen sind und nicht die nadelförmigen).

Die beige Masse sah nicht direkt attraktiv aus, roch aber passabel und wurde noch mit Salz, Pfeffer und Muskat gewürzt. Als ich sie in die Form kippte, kam mein Gast, hielt sein leeres Glas hin und verlangte nach dem Handbuch für »Windows 95« – zweifellos um meine überraschend gute Zwischenzeit zu torpedieren. Als ich das nächste Mal vorbeischaute, war der Schirm mit noch mehr Menues gefüllt als vorhin. Der Experte war von aufgeschlagenen Handbüchern und Notizen umgeben.

»Der Provider erkennt es nicht«, murmelte er. »Diese Schweine, diese Schweine.« »Naja, wir können ja zwischendurch mal was essen,« meinte ich. »Es muß nur noch 30 Minuten bei 200 Grad backen.« Er hörte nicht zu. »Ich versuchs noch mal mit Neustart.« Es sah ganz so aus, als hätte ich noch Zeit für eine provençalische Tomatensauce mit Zwiebeln, Knoblauch und Weißwein. »Die Tomatenwürfel dicklich einkochen«, las ich laut und spürte, wie ich die Grenze zur Professionalität überschritt. Es war berauschend.

Mit einer weiteren Flasche Rosé aus dem Kühlschrank ging ich zum Computer: »Also von mir aus könnten wir dann.« Er ächzte. Dämmerung hatte sich auf das Land gesenkt. Beim Essen wirkte er gehetzt und fragte abwesend, ob es von Iglu oder Knorr sei. »Langnese,« grunzte ich. »Nicht schlecht.« Dann verlangte der Experte einen Uso, einen Espresso und ein weiteres Glas Rosé und verschwand wieder vor dem Computer.

Gegen Mitternacht tauchte er in der Küche auf. »Und?« »Läuft jetzt«, meinte er, wollte aber nicht weiter drüber reden. Dann machte er noch den Vorschlag, die Softwareingenieure der Telekom in Ketten auf die Galeeren zu schikken. Und jetzt doch mal zum Griechen zu gehen.

Von Tellern und Tempeln

Wohin man kommt, er ist schon da: Der Grieche. Traulich leuchten blau auf weiß oder umgekehrt die Lettern, manchmal minoisch winklig, gern von ionischen Säulen gerahmt und häufig von Mäandern. Schon vorm Entziffern ahnt man, wie er heißt: Hellas, Akropolis oder vielleicht noch Irodion.

Wo er sein Schild ans Gasthaus schraubt, an Altbau, Plattenbau und Restgehöft, da wird nicht wenigen Passanten nach großen Bergen Fleisches zumut. Denn hier entsteht eine besondere Gier. Dem Griechen eignet, wo er sich fern von Hellas niederläßt und brät, ein Geheimnis. Und an der Küche kann es eigentlich nicht liegen.

Bifteki ist meistens Nr. 61. Das ist ein möglichst großer Klumpen Hackfleisch, der von außen schwarzbräunlich sein und innen ein Käsevorkommen aufweisen sollte. Manche legen auch noch ein Spiegelei drauf. Nicht besonders raffiniert. Warum nehme ich bloß immer wieder Bifteki? Ich behaupte gern, anhand einer Standardspeise Vergleiche anstellen zu wollen, aber in Wirklichkeit will ich bloß diesen Klumpen haben.

Denn was am Griechen gefällt, ist ja gerade die rauhe Menge, reizvoll kontrastiert von der brachial zirpenden Musik aus den Boxen, die über der plumpen Nachbildung eines Herkules und neben einem Wandbild hängen, welches in aller Regel Tempel, Bauernwagen oder weitere plumpe Nachbildungen mythologischer Gestalten zeigt. Auch Wagenräder und roh verputzte Wände können nicht schaden, gern nehmen wir dann noch ein Aquarium und ein Stück Kunstrasen in Kauf.

Was aber raunen uns diese Zeichen? Woher das gierige Behagen, das hier wie sonst nirgends aufkommt, ehe noch der Mann mit dem unverkennbar attischen Profil das stinkende Schmucköllämpchen entzündet und die bräunliche Klarsichthüllen-Speisekarte überreicht hat? Der eine spricht mit Wuppertaler Akzent und ist eigentlich Türke. Der andere fragt später: »Hatte gutt gesmeckt?«

Und beide sind von einer Selbstverständlichkeit umgeben, als trennten sie nicht tausende von Meilen vom heimischen Gestade. Anders als beim Italiener, der den Gast im Norden doch immer noch wie leicht verschmitzt belauert, liegt in des Griechen Gleichmut eine ferne Nähe.

Die unverbindliche Vertrautheit, die uns mit Ketten von Zwiebelringen an diese Lokale schmiedet, ist ja auch älter als der Tourismus. Es muß eine Verbindung geben zwischen dem Hellas von einst und dem »Hellas« an der Ecke. Hoffen wir dort etwa auf »Verstand und Maß und Klarheit« (Schiller)? Nein. Eher nehmen wir erleichtert zur Kenntnis, daß es dem Griechen daran mittlerweile ebenso gebricht wie dem Germanen. Der dargereichte Fleischberg – eint er nicht antikes Opfer und neuzeitliche Verrohung?

Jahrhundertelang hatten wir ein schlechtes Gewissen, weil die Antike schöner, klüger und begabter war und ihre raffinierten Götter schlichteren Versionen weichen mußten. Die ganze Aufklärung rackerte sich wiedergutmachend an jener Kultur ab, deren Chefgott immerhin Europa nach Europa geholt hat. Als Stier! Und was uns bleibt, ist Rindfleisch.

Die Abfahrt nach Kythera haben wir verpaßt. Doch gnädig neigt sich der Genius und gibt uns, was wir begreifen. Er gibt uns Nr. 61, mit Pommes und Retsina, Tier- und Trankopfer. Der Tempel ist verwaist, doch nicht der Teller. Und neben ihm liegt die Serviette mit dem Schnellkurs »Ich lerne griechisch«. In Folge gelesen, zeichnen die Formeln ein Bild des Lebens in berauschender Klarheit: »Wie geht es dir? Geht es dir gut? Ich habe Hunger. Ich habe Durst. Sehr gut. Danke. Prost. Die Rechnung. Bitte. Auf Wiedersehen.«

Ja. Wir kommen wieder, immer wieder, im Dämmerschein des Abendlandes seinen rosenfingrigen Beginn ahnend – anders ist das alles nicht zu erklären.

Schwedische Toxikologen vertreten die Ansicht, den Japanern fehle wie vielen Asiaten ein Enzym zum Alkoholabbau, nämlich die Alkoholdehydrogenase. Daher drehe der Japaner schon nach wenigen Gläschen durch und verkatere gravierend. Warum auch immer gerade die Schweden es so sehen, während die britische Trinkforschung andere Ansichten vertritt – mich hat die These zur Frage gebracht, ob es vielleicht auch Leute gibt, denen ein Enzym zum Abbau von Computerspielwirkungen fehlt, eine Virtualrealitydedigitalogenase. Das würde erklären, warum mir »Age of Empires« so zu schaffen gemacht hat.

Eigentlich habe ich diese Spiele, in denen wahlweise mittelalterliche Länder oder ferne Galaxien erobert werden, auf den Bildschirmen meiner fortschrittlicheren Freunde immer nur mit scheuem Respekt betrachtet, gemischt mit wohlerzogener Angst vor Schmuddelkram wie etwa Bordellen, Fußballstadien, Spielhöllen und Schaufenstern voller Latexleibwäsche. Aber als ich neulich einem überaus kultivierten Musiker zusah, wie er am heimischen PC Katapulte baute und Truppen aufeinanderhetzte, während sein fünfjähriger Sohn still und beeindruckt den Sieg der Schotten verfolgte, wollte ich das auch haben.

Ich bekam es, konnte aber an meinem Schreibtisch keineswegs gleich den Thron des Weltenlenkers beziehen, sondern musste erstmal an einem Grundkurs teilnehmen. Den markigen Anweisungen eines Unsichtbaren mit starkem schottischem Akzent folgend, lernte ich, übrigens Kriegsdienstverweigerer, wie man Soldaten per Mausklick erschafft und gegen die Engländer steuert und dafür sorgt, dass im

Hinterland auch genug Holz, Essen und Gold geschlagen, gejagt und abgebaut wird, wofür wiederum sogenannte »Villagers« gebraucht werden. Es gibt sie in männlich und in weiblich.

Wenn man die Männchen anklickt, die alle blaue Jeans tragen, obwohl das Ganze im Mittelalter spielt, sagen sie markig »eroloff«. Haben sie Arbeit, sagen sie »rabudje« und fangen sofort an, Bäume oder Schafe umzuhauen.

Wenn einer der Villagers einen Hirsch tötet, seufzt das Tier »Ööhhh«, fällt um und wird in Sekunden aus der Dekke geschlagen. »Sag mal, was machst du eigentlich für komische Geräusche da oben?« rief meine Mitbewohnerin. »Ich bereite einen Krieg vor.« »Du hast sie wohl nicht mehr alle.« Dies war leider zutreffend, und fünf Stunden später war es noch schlimmer.

Englische Bogenschützen hatten dreimal meine Truppe ausgelöscht, aber trotz meiner offenkundigen Unbegabung für diese Art Spiel, trotz Rückenschmerzen und Hirnaustrocknung schuf ich unermüdlich neue Soldaten und ließ die Villagers schuften. Draußen war es längst dunkel, als ich die Treppe herabwankte, sechs verbrannte Stunden hinter mir, die Maus in der Hand, und versuchte, die Katzen mit einem Rechtsklick auf die Futterdose zu füttern. »Rabudje«, schnarrte ich. Erst nach einigen Gläsern Rotwein war ich wieder analog. Man muss halt wissen, was einem die Enzyme erlauben.

Am Fuße der Leiter

Jedes Mal, wenn ich Kaffeewasser aufsetze, sehe ich durchs Küchenfenster die Leiter. Es ist eine alte Holzleiter, oft geflickt, in der Mitte fehlt eine Sprosse, unten werden die Holme mit Blumendraht zusammengehalten. Sie ragt in den Kirschbaum hinein, in dessen Blättern ihr oberes Ende verschwindet, und ihretwegen konnte ich diesen regnerischen Sommer bis jetzt ertragen. Anfangs wusste ich nicht, warum. Nur immer, wenn ich mit dem fertigen Kaffee die Küche verließ, schien mir das ewige Geräusch des Regens etwas dünner geworden zu sein, das Grau am Himmel vorläufiger und lichter.
Irgendwann begann ich, beim Aufsetzen des Kaffeewassers nicht mehr nur zufällig zur Leiter zu blicken, sondern vorsätzlich; jedesmal beruhigt, dass sie dort noch stand und dass ihr oberes Ende nicht zu sehen war, von grünen Blättern verdeckt. Genau das ist es. Man kann sich ihr Ende sonstwo denken. Es kommt mir vor, als könnte diese alte Bauernleiter mit ihrem ausgebleichten Holz, an dem der Regen runtertropft, auf irgendeine Weise bis über die Wolken reichen und über die Risse in ihrem Holz Sonnenlicht nach unten leiten.
Wenn man sich das genau vorstellt, dann müssten Piloten, die tief genug über der Regenmatraze fliegen, zwei Holme aus den Wolken ragen sehen. Und bei gutem Wetter müsste die Leiter sofort wieder auf Normalgröße schrumpfen, sonst sähe es gruselig aus. Jedenfalls aber ragt sie aus unserer Regenwettergefangenschaft ins Unabgeschlossene, Freie, ins Gewirr der Kirschbaumblätter. Und außerdem erhöht sie die Vorfreude auf Tage, an denen man sie wird erklimmen können,

um Kirschen zu pflücken. Dem allerdings steht einiges entgegen.

Es nutzen nämlich Scharen von Staren den Monsun, um ungestört den Baum abzuernten. Sie tun das mit solcher Inbrunst, dass selbst die Elstern nicht einzugreifen wagen. Eine von ihnen saß neulich auf der Sprosse über der Sprossenlücke, spähte hinauf und schüttelte den Kopf. Dann kam die Katze Nero durch Gras und spähte zur Elster hinauf. Dann sahen sich Katze und Elster an, während weiter die Stare plünderten und der Regen fiel. Die beiden an der Leiter unternahmen nichts weiter und trennten sich kampflos. Bei dem Wetter fehlt die Kraft. Mich halten überhaupt nur Ströme von Kaffee noch aufrecht.

Wenn dann doch mal die Sonne scheint, eile ich keineswegs gleich auf Bäume, sondern lege mich ins Gras, von wo aus das Ende der Leiter erstaunlicherweise auch nicht zu erkennen ist. Das macht sie immer verheißungsvoller, während immer weniger Kirschen an den Ästen funkeln. Bei Sonnenschein entsprechen die unerkennbaren Enden der Leiter meinem Wunsch, der Sommer, sofern er Temperaturen über 20 Grad erreicht oder einen sogar ins Gras nagelt, möge nie enden. Ich werde wohl nicht hinaufsteigen. Es ist eh noch Kirschmarmelade vom letzten Jahr da. Der Kaffee aber geht zur Neige.

Das Leben der Akten

Von allen Formen des Aufräumens ist das Aktenordnen die zermürbendste und rätselhafteste. Eigentlich können Leute, die ihre Akten überhaupt erst ordnen müssen, es auch gleich sein lassen, denn nun ist es zu spät. Aber da diese Leute im Grunde gar nicht begreifen, warum man ihnen solche Papierberge geschickt hat, begegnen sie ihnen auf ihre Art mit Respekt. Sie werfen nichts weg, bringen aber auch jahrelang keinerlei Struktur in die Haufen. Am Ende stehen sie vor hochkomplexen Systemen.

Am Anfang landete in meiner grünen Urmappe schlechterdings alles, was nach Behörde aussah, mit »ihr Zeichen, unser Zeichen« bedruckt war oder mit komplizierten Zahlenlisten. Irgendwann zerfiel die Mappe in drei Ordner, die eigentlich nur mit Steuern, Versicherungen und Arbeitskram zu tun haben sollten. Aber nicht nur »Arbeitskram« erwies sich als ein sehr dehnbarer Begriff. Eine vierte Strömung gleichsam vagierender Papiere entstand, deren Zuordnung auf einen Tag verschoben wurde, an dem eine eherne und bis ins letzte differenzierte Oberordnung sich irgendwie herausgebildet haben würde, mit der es dann kein Vertun mehr geben könnte.

In Erwartung dieses erstaunlichen Tages sah ich davon ab, all die Papiere in die geräumigen Ordner einzuheften. So nutzten sie jahrelang die halbanarchischen Zustände in ihrem dunklen Schrank, um aus den Ordern herauszugleiten, sich mit fremden Papieren zu paaren oder auch frisch hinzugekommene sofort zu bedecken. Alles in allem scheinen sich gerade Akten, diese Manifestationen des Ordnungswillens, nach dem Chaos zu sehnen, aber zum Glück gehorchen sie noch einem anderen kosmischen Gesetz: Nichts geht wirklich verloren.

Ab und an gelang es mir in hoher Not, tatsächlich existenzwichtige Dokumente zu finden mit einer Technik, wie sie skrupellose Fischer in schwerverschuldeten fernen Ländern anwenden: Man wirft Dynamit in den Fluß, und die Explosion läßt alle Fische mit dem Bauch nach oben treiben. Danach sucht man sich die nötigen zusammen. In diesem Falle reichte es, den Schrank zu öffnen und an einem Ordner zu ziehen wie an einem Zünder, schon schwammen alle Papiere auf dem Teppich herum.

Aber Akten verwesen nicht so schnell wie Fische, und, wie gesagt, gerade aktenunkundige Menschen wagen es nicht, sie einfach zu entsorgen. Wer weiß denn sicher, ob ihm nicht in drei Jahren eine halbe Million Mark zusteht, vorausgesetzt den Nachweis irgendwelcher gilbender Nebenbescheinigungen? Oder, wahrscheinlicher, ob er nicht grade jetzt zu seinem Nachteil eine Frist versäumt? An Tagen mit solchen Fragen reißen die Betroffenen ihre Schränke auf und stemmen mit eiserner Faust die von Staub durchsinterten Sedimente auseinander.

Sie perforieren die Beute mit einem Locher, datieren, schaffen Klarsichtfolien herbei, fragen sich, was der Quatsch eigentlich soll, entdecken wichtige Papiere und werfen noch wichtigere aus Versehen weg, wundern sich, wie sie eigentlich überleben konnten trotz der Nichtbeantwortung und Nichtabheftung derartig vieler Schriftstücke und spüren immer mehr, wie die Ruhe über sie kommt.

Die Akten haben, so scheint es nun, all die Monate und Jahre einen stummen Schrei ausgestoßen, den Lust- und Leidensschrei einer bis ins letzte durchinstitutionalisierten Zivilisation, die sich im dunklen Schrank dem Chaos ergab, ja ergeben mußte. Nun aber willfahren sie wieder dem Ordnungswesen. Still, schon wie halbtot, lassen sie sich abheften. Erstaunt blickt man auf Versicherungsabschlüsse, Mahnungen, Vollzugsandrohungen, Rechnungen, Gebührenerhöhungen. Und immer wieder auf den eigenen Namen.

Alles wegen mir! Wenigstens das lohnt so einen Tag. Der letzte Ordner beißt akkurat die Spangen zusammen. Obendrauf wird doch noch ein bunter Stapel Zeugs gelegt, man muß ja nicht alles auf einmal erledigen.

Sie heißt Gerda, und wir alle hingen an ihren Lippen, obwohl sie keine hat, so wie sie überhaupt weder Körper noch Kleider hat. Aber eine weibliche Stimme, die sagt, wo es langgeht. Die reichen Männer wissen jetzt schon, wer Gerda ist, und setzen ihr feines Lächeln auf: Hat also wieder mal ein Normalsterblicher ein PKW-Satelliten-Navigationssystem aus der Nähe erlebt! Schicke Sache, was? Oh ja. Gerda, so nennt sie der Freund, bei dem wir mitfuhren, kannte rund um unser Dorf jeden Asphaltweg, obwohl sie nie hier gewesen ist. Sie wollte uns zur Autobahn lotsen.

Das hielt sie für die schnellste Route. »Sorry, Gerda, aber am Fluß lang geht es ein ganz bisschen schneller und außerdem ist es schöner.« Nachdem wir drei Anweisungen zum Abbiegen ignoriert hatten, insistierte sie nüchtern: »Bitte bei nächster Gelegenheit wenden.« Danach gab sie auf und wurde abgestellt. Unserem Freund, der den Preis seines Gebrauchtwagens beharrlich verschweigt, war es sowieso ein bisschen peinlich, wie sehr wir sein Cockpit bewunderten. Es hat rund um den Bildschirm, an dem man auch TV gukken kann, soviele Knöpfe, dass sie für ein Flugzeug reichen müssten.

Eigentlich ist er sehr stolz auf seinen A8 und all den Luxus, und irgendeine Macke muss ja jeder haben, aber er fürchtete wohl, wir könnten ihn für etwas angeberisch halten. Dabei waren wir es, die ihn genötigt hatten, seine Staatschaise mitten auf dem Hof zu parken, damit die Nachbarn rätseln konnten, wie dieser schwarze, schwere, gepanzerte A8 vor unsere marode Scheune geraten war. Er hat sogar eine Vorrichtung für FÄHNCHEN über den Vorderrädern! Das Auto gehörte vorher nämlich einem Ministerium, weswegen zwischen den Rücksitzen auch ein Faxgerät eingelassen ist.

»Funktioniert nicht«, erklärte der Besitzer, fast erleichtert, uns auch etwas Unvollkommenheit bieten zu können. »Und was ist das hier?« »Sitzheizung.« Er drückte den Knopf. Eine sonderbare Wärme breitete sich unterm Hintern aus. »Fühlt sich an, als hätte man in die Hose gemacht«, sagte ich, erstaunt darüber, wie genau man sich 35 Jahre nach dem letzten Mal an dieses Gefühl erinnert. Als der Fahrer den Audi an einem Passat vorbeispringen ließ, der mit 120 über die Straße kroch, rief er ihm zu: »Hier ist Parkverbot!« Ihm machte die Angeberei jetzt nämlich doch wieder Spaß. Wonnen der Regression!

Bei der nächsten Fahrt lotste uns Herta auf den Boden der Tatsachen zurück. Sie irrt sich beim Navigieren noch seltener als Gerda. Denn Herta sagt gar nichts. Sie sitzt da unter der Windschutzscheibe unseres Kleinwagens und hält ihren gelben Entenschnabel aus Filz in Fahrtrichtung. Sie ist flauschig und mit Reiskörnern gefüllt. »Hier lang, Herta? Ja? Na schön.« Solche Navigationsenten sind sehr selten, und nicht jeder versteht ihr Schweigen zu deuten. Wir könnten sie sowieso nicht gegen Audi-Gerda tauschen: Herta mag kein Wurzelholzfurnier.

Essen mit Unsichtbaren

Es braucht ein bisschen Übung, auf dem platten Lande abends allein im Wirtshaus zu speisen. Selbst in vielen Städten wird der einsame Gast, sofern er nicht als Geschäftsreisender zu erkennen ist, ja etwas kurios beäugt. Während es aber in Städten mit einer gewissen akademischen Basis noch hilft, ein Buch zur Hand zur nehmen, macht man sich damit am Rand der Lüneburger Heide nur zur schrägen Figur. Darum nehme ich immer meinen Terminkalender mit, das wirkt seriös: »Ah, viel zu tun, wohl Strohwitwer, hat sich noch etwas Arbeit mitgebracht.«

Jedenfalls ist es krampfloser, im Terminkalender zu blättern als andern auf den Tisch zu gucken, belauschen kann man sie ja trotzdem, was nur bei den beiden Russinnen nicht hilft. Ist das überhaupt russisch? Im Kalender steht nicht viel, das Jahr ist noch jung. Aber der Adressteil! Der umfasst jetzt zehn Jahre. Und während ich auf die Pizza warte, zerfällt das Jahrzehnt. Kaum eine der Adressen, die als erste eingetragen wurden, stimmt noch. Die neuen stehen hinten. Fast alle Leute sind umgezogen, einige verschollen. Zum Beispiel die Geigerin aus Köln.

Hier ist noch ihre alte Nummer. Zuletzt sah ich sie vor drei Jahren, danach zog sie nach New York, seitdem ist sie untergetaucht. Keiner weiss, wo sie steckt. »Einmal die Pizza mit Salami…« Natürlich haben sie den Extraknoblauch vergessen. Aber ich werde nicht reklamieren. Das hat hier auf dem Lande keinen Sinn. »Da hat man nur Last mit«, würden sie im Dorf sagen; die Kellner gucken dann vorwurfsvoll und behaupten, es sei, wie es sein müsse, und vielleicht haben sie sowieso keinen Knoblauch in der Küche. Gegessen wird, was auf den Tisch kommt.

Außerdem bin ich ja nicht zum Vergnügen hier, ich muss das Adressregister durcharbeiten. Mein alter Hausarzt praktiziert nicht mehr. Die Hälfte aller Journalisten hat den Wohnort gewechselt, die andere wenigstens die Straße, und eine Schnittmenge beider Gruppen hat Kinder, die schon lesen können. Nur hier, der Klavierstimmer, auf den ist Verlass. Auf meinen Großvater ebenfalls. Aber wer ist Victor Salzmann? Ach ja, der alte Geldkartencode als Telefonnummer. »Und hats geschmeckt?« »Ja, war prima. Vielen Dank. Kann ich noch ein Viertel Chianti haben?« »Natürlich.«

Die Nummer der Zugauskunft ist mehrfach korrigiert worden. Wahrscheinlich stimmt diese auch nicht mehr. Seltsame Geräusche vom Nebentisch links. Man hat das heitere Stadium erreicht, einer macht Tiere nach, seltsamerweise trinkt er aber Vitamalz. Die Russinnen reden und reden. Minsk? Und die Blondine mit dem bulligen Typen erklärt, während sie Krümel zusammenschiebt, ihr sei es auch so gegangen. Womit? Na egal. Weiterblättern. Schicksale! Eine ungültige Adresse nach der andern erwacht. Ihre Geister folgen mir, als ich das Wirtshaus verlasse. Nur 15 Euro habe ich für uns alle bezahlt. Netter Abend.

Warten auf den Sommer

Das Licht lockt, besonders, wenn man sich nicht drauf verlassen kann. Wenn immer wieder Wolken verhindern, dass der Sommer sich wirklich breit machen kann und die Tiefebene, die so lange gefroren hat und so reichlich beregnet wurde, mal einen warmen Pelz kriegt, bis das Gras so riecht, dass man sich, den Katzen, Hunden, Pferden gleich, hineinwerfen und darin wälzen möchte, grunzend und die Gliedmaßen der Sonne entgegenschleudernd. Die meisten Menschen in unserer Zivilisation lenken diese ihre Lust auf etwas Nützliches um und suchen den Kontakt zum Gras zunächst vermittels eines Rasenmähers.

Aber wann? Holt man die Maschine mit den ersten wärmenden Strahlen heraus, ist das Gras noch zu nass. Wartet man zu lange, kommt schon wieder eine Wolkenbank. Es ist wie an der Börse. Neulich hatte ich Glück und wurde sogar zum Trendsetter. Ich merkte es erst, als ich mal Pause machte. Das Dorf, zuvor in erster sommerlicher Stille brütend, brummte. Nah und fern wurden, mir nach, die Mäher angelassen oder eingestöpselt, und als ich fertig war und immer noch keine wasserschwangere Wolkenbank erschienen, da begann auch der Ortsvorsteher seine Halme zu kappen. Ein Triumph!

In einem Dorf, wo Leute wie wir, Unverheiratete ohne Grundbesitz und Vereinsmitgliedschaft, eher Exotenstatus genießen, ist es ein grandioses Erlebnis, bei einem so mehrheitsbildenden Ritual wie dem Rasenmähen der allererste zu sein. Vor ein paar Jahren hätte ich über so einen Satz den Kopf geschüttelt. Der Erwerb eines Rasenmähers kam da noch gegen meinen Willen zustande, von wegen »ungebändigte

Natur« und da könne man ja auch gleich dem Schützenverein beitreten. Insofern habe ich mit dem Gras auch etwas Nonkonformismus abgemäht. Aber es wälzt sich schön auf kurzen Halmen.

Bevor es dazu kommen konnte, kamen natürlich wieder die Wolken, die über Irland zu großen, lichtundurchlässigen Gebinden verknüpft worden waren. Den ganzen nächsten Tag über wurden alle frischgemähten Wiesen und Rasen in kurzgeschorenen Matsch verwandelt. Am Abend aber ward im Westen Licht. Die Sonne, knapp überm Horizont, schoß unter der Wolkenmatraze entlang Feuerzungen ins grün und golden aufglühende nasse Gras. Ich wagte einen Spaziergang dem Gestirn entgegen, ohne Regenschirm. Das war zu kühn. Zwischen den Feldern begann es anfallsartig zu regnen und zu hageln.

Der Sonnenuntergang war trotzdem erstklassig. Eine gelbrote Flammenkugel in wolkenfreier Ferne, Inbegriff der Hoffnung und Wärme, soweit ich das durch meine tropfenden Brillengläser erkennen konnte, die von immer größeren Hagelkörnern getroffen wurden. Ich brachte mich hinter einer Buche in Sicherheit, bis die Hagelattacke in einen herzhaften Landregen mittlerer Stärke übergegangen war, einer von der Sorte, auf die man sich verlassen kann. Sinnlos zu warten, dass er aufhört. Ich platschte nach Hause. Durchs kurze Gras zogen schon Ekelschnecken auf die Beete zu. Möge der Sommer sie rösten.

Bücher auf der Flucht

Jetzt ist auch noch das Zeilengeld verschwunden! Ich meine den Roman von George Gissing, »New Grub Street«, auf deutsch als »Zeilengeld« erschienen, Blick ins Schreiberleben im London der 1890er, Dumpinghonorare, Eitelkeit, Verzweiflung. Habe ich vielleicht mal jemandem geliehen, der mit dem Gedanken spielte, sich selbständig zu machen. Als ich dieser Tage nachschauen wollte, ob es überhaupt gravierende Unterschiede zwischen den Honoraren von 1890 und heute gibt, stand es nicht mehr im Regal. Wie so vieles. Verliehen ist verschenkt, sagen manche über Bücher. Trotzdem: Wer hat den Gissing?

Und »Die Wörter«? Das habe ich schon dreimal nachgekauft! Eine Gesellschaft zur Verbreitung lesbarer Sartrebücher, sofern es sie gäbe (die Gesellschaft, meine ich), müsste mich zum Ehrenmitglied machen für meine Missionsarbeit. Wobei noch die Frage ist, ob die Leute, bei denen die verliehenen Bücher stehen, sie jemals lesen. Von den 23 Büchern, die mir andere gaben, ohne sie bis heute zurückerhalten zu haben, las ich ein einziges durch und mindestens die Hälfte nur gerade so eben an. Wie kommen mir überhaupt »Ungehaltene Reden ungehaltener Frauen« ins Haus? Oh, jetzt erinnere ich mich…

Ich erinnere mich überhaupt an die meisten Besitzer, aber man kommt ja zu nichts. Teilweise würde man auch längst eingeschlafene Kontakt durch Rücksendung von Büchern erneuern, was nicht abginge ohne krampfige Planung von Wiedersehenstreffen, die dann doch nicht stattfänden. Oder ich müsste Adressen recherchieren. Wo wohnt jetzt der Mann, der mir vor acht Jahren die »Orestie« in freier Übertragung von Walter Jens lieh? Wahrscheinlich hat mittlerweile sogar Walter Jens selbst vergessen, dass er einmal die »Orestie« übersetzte. Wahrscheinlich fehlt auch dem Besitzer das Buch kein bisschen.

Ich meinerseits hätte den ersten Band von Fellinis »Filmszenarien« gar nicht vermisst, läge nicht in einem der bei mir einstaubenden Leihbücher ein aufschlussreiches Kärtchen. Wir haben damals offenbar Geiseln ausgetauscht. Ich erhielt »Literatur und Interesse«, was vorübergehend mein Interesse an Literatur erlahmen ließ, und dafür kriegte er den Fellini, steht auf dem Kärtchen: Ich weiß, wo mein Fellini steckt! Das Kostbarste im »Gehört-mir-nicht«-Regal ist von ungeklärter Besitzerschaft: »Ein Hoch auf Donald Duck«, Walt Disneys Lustige Taschenbücher Nr. 85, erschienen 1982. Das habe ich ganz gelesen.

Einige Bücher wage ich aus Höflichkeit nicht zurückzugeben. Die, von denen Freunde schwärmen. Kaum zeigt man Interesse, hat man's in der Hand, später will man nicht gestehen, dass nach zwei Seiten Schluss war, und behält den Band. »Sie kam und blieb«, um es mit einem der Titel dieser Sorte zu sagen. Manche Bücher wollen einfach nicht mehr nach Hause. Und andere fliehen von dort. Das nächste »Zeilengeld« werde ich in einen Tresor sperren.

Angst vor Vögeln

Neulich war es wieder soweit. Meine Mitbewohnerin stand vor der niedrigen kleinen Holztür, die unterm Dach in ein Nebengelass führt, eine Katze neben sich. Beide lauschten an der Tür. Nach respektvollem Zögern traten sie ein. Die Katze ging sofort in Deckung, ihre Begleiterin guckte nach oben. »Die Luft ist rein«, rief sie mir dann über die Schulter zu, »keine Vögel!« Das ist immer so, wenn es am Abend vorher Hitchcocks ornitophoben Klassiker gegeben hat. Sie liebt diesen Film, wie sie ihn fürchtet, und zwar besonders wegen der Szene im Dachgeschoss. Die bis dahin intakte Hauptdarstellerin öffnet eine Tür, es ist ganz ruhig, zu spät erkennt sie, dass die mordlustigen Vögel die Dachziegel entfernt haben und auf den Balken hocken.

Sie verlässt den Raum übel zugerichtet, und ich kann solche Szenen nicht ausstehen. Weder die Spannung vorher noch die Wunden hinterher möchte ich erleben, und je beharrlicher man mir »Die Vögel« empfiehlt, desto sturer verweigere ich mich ihnen. Dass mir trotzdem alle Schlüsselszenen bekannt sind, liegt an den Erzählungen meiner Mitbewohnerin und daran, dass ich ab und zu mal nachschauen gehe, wenn die Geräusche aus dem Fernsehgerät zu schaurig werden. »Die Vögel« sind im deutschen Fernsehen nach meiner Schätzung etwa alle drei Wochen zu sehen, und so habe ich über die Jahre allein durch gelegentliches Nachschauen wohl doch große Teile dieser Schauermär mitgekriegt: Kreisch, Flatter, Hack, Splitter, Krächz, Brüll.

Beide Katzen liegen dann, bis an die Grenze der Verflüssigung entspannt, auf dem Sofa und den Beinen meiner Mitbewohnerin, für die »Die Vögel« Pflichtprogramm sind.

»Bleib hier«, ruft sie mir dann zu, wenn ich nachschaue, »das ist eine ganz tolle Szene! Du hast eine Bildungslücke, wenn Du das nicht kennst!« Dann stelle ich mich fluchtbereit schräg vors Fernsehgerät und sehe, wie die Tankstelle explodiert oder die Kinder aus der Schule rennen oder die Hauptdarstellerin die Treppe ersteigt bis zu jener Tür, hinter der so verdächtige Ruhe herrscht. Selbst bei fragmentarischer Rezeption ist die Spannung so enorm, dass ich mich frage, wie man den kompletten Film ohne bleibende Schäden überstehen kann. Kann man ja auch nicht.

Das Nebengelass unterm Dach bei uns, in einer Gegend, in der Vögel nur ins Haus kommen, wenn sie entseelt aus dem Maul einer Katze hängen, ist für meine Mitbewohnerin die Verbindung ins Reich der Thriller und archaischer Bedrohungen geworden, wenngleich nur bei geschlossener Tür. Es hat ja jeder so seine Tricks, sich das Leben abenteuerlicher zu machen, als es sowieso schon ist. Mir hat dafür eigentlich immer das Durchschussloch im Glasfenster meiner Arbeitszimmertür gereicht, das aus genau diesem Grund nie ausgetauscht wird. Aber allmählich wirkt die Vogelphobie auch bei mir. Wenn wir Gäste haben, bin ich immer gespannt, wie sie am nächsten Morgen aussehen.

Sie behaupten, man schlafe gut da oben. Wir selbst haben es nie ausprobiert.

Interregio nach Brundisium

Wenn ein Bahnreisender alle Zeitungen durchgelesen hat, kommt unweigerlich der Griff zu jenem dickleibigen Roman, in dem er erst bis Seite 37 gedrungen ist. Diesen Moment erreichte ich in Göttingen, als ich gerade aus dem ICE gestiegen war, eine seltsame, fast erheiternde Leichtigkeit empfand und mich reif fühlte, im Interregio Kontakt zur Hochliteratur aufzunehmen.

»Es gab aber eigentlich wenig Anlaß zur Heiterkeit«, begann auf Seite 38 der neue Abschnitt. Und auf den nächsten 70 Bahnkilometern wurde auch ziemlich deutlich, warum. Die Hauptfigur, ein todkranker und weltberühmter Dichter, wurde durch dunkle Gassen eines römischen Seehafens zum Palast des Kaisers getragen. Er war einsam und sehnte sich nach Gesellschaft.

Während vor den Fenstern des Zuges ein mitteldeutscher Dauerregen niederging, stellte ich befriedigt fest, daß die umliegenden Sitze immer noch leer waren und Einsamkeit in einem Interregio unserer Tage weit leichter zu ertragen ist als in einer Sänfte des Jahres 19 v. Chr. Der Zug hielt in Dingelstädt, und zu dem Dichter, der jetzt sein Zimmer im Palast des Augustus erreicht hatte, kauerte sich ein Knabe, um seinen Monologen zu lauschen.

Außerdem setzten sich mit großem Hallo Urlauber aus dem Rheinland auf die mich umgebenden Plätze. Bierdosen knackten zischend auf, drei Kinder nölten. »Als fernes und fremdes Brausen kam der Lärm von dort herüber«, las ich und erwog nun doch die Vorteile, die weltberühmte, wenn auch todkranke Dichter haben, denen über den Dächern Brundisiums abgeschiedene Räumlichkeiten zur Verfügung stehen.

Aber im Vertrauen auf die Sogkraft der Prosa und um endlich mal wieder ein Meisterwerk wenigstens halb durchzulesen, hielt ich das Buch fest umklammert und versuchte, einen ganz entspannten Eindruck zu machen. Ein Rülpsen wurde vernehmlich. »Das schlägt mir auf die Blase«, erklärte der Vater und erhob sich. »Ich wende meine Augen von der Bedrohung ab«, murmelte auf Seite 66 der Dichter.

Neben mir wurde mit einem Geräusch, das auch Vergil nie angemessen beschrieben hat, in einen Apfel gebissen. Das mit der Bedrohung las ich gerade zum dritten Mal, dann schaffte ich es in die nächste Zeile. Der Dichter und sein Romanautor schienen mitlerweile zu ahnen, daß zwischen ihnen und einem vollen Interregio Verbindungen bestehen könnten.

Die Mutter mir gegenüber koste ihre Jüngste in den Schlaf, »machs dir schön. Bist doch mein Traummädchen«, und nahm einen guten Schluck. Der alte Dichter erinnerte schlaftrunken sich und den Knaben an die verlorene Kindheit. »Du sollst sie bei mir wiederfinden«, sagte er, »schmieg dich an mich.«

Dann beschwor er den »Nachglanz einer längstgelebten Vergangenheit«, den ich mir aber immer schwerer vorstellen konnte, weil Dennis für Carina eine Cola holen sollte und der Vater sich wiederholt fragte, warum der Bahnbeamte ihnen nicht den anderen Zug empfohlen hatte, »der wär früher dagewesen wie dieser.« »Der hattas ja gut gemeint«, sagte die Mutter, »dasswa nich son Streß haben!« Es wurde immer interessanter im Interregio.

Mit jedem Schienenstoß entrückte das Schlafgemach im Palast des Augustus in den Nachglanz einer längstgelebten Vergangenheit, und ich fragte mich, ob man Romane entziffern sollte, wenn rings das Leben tobt. Im gleichen Augenblick schien auch die zweitjüngste Tochter – das mußte diese Carina sein – sich diese Frage zu stellen und erkundigte sich: »Was haben Sie denn für'n Beruf?«

»Mensch die's neugierig,« sagte die Mutter entschuldigend, und ich entschied mich für »Musiker«. Eine gute Wahl. Der Vater tippte gleich auf »Berliner Philharmoniker« und war selbst mal im Werkschor bei Singer gewesen. »Aber singen kann ich nich«, meinte er. »Ich auch überhaupt nicht.« Er hielt mir eine Dose hin. Immerhin, bis Seite 67 bin ich gekommen. Möge Hermann Broch mir verzeihen.

»A4 96 L« will in Wien bleiben

Dass Bücher ihre Schicksale haben, ist bekannt, aber normalerweise wird dabei an fertige Bücher gedacht, die durch Tage und Jahre eiern, bis sich mit ihren Zeilen auch die Geschichte ihrer Leser verbunden hat. Ein leeres Notizbuch hat dagegen wenig Chancen. Es sei denn, man erwirbt es in der abgründigen Stadt Wien. Ich hatte das schwarzdeckelige Buch, zellophanverpackt, aus dem Regal gefischt und dann zugunsten eines noch frischer wirkenden Exemplars zurückgelegt. Erst im Café Aida las ich auf dem Etikett die Typenbezeichnung: »A4 96 K«. K wie kariert. Das war die erste Fehlleistung, vermutlich weil ich seit Erhalt der Stromrechnung mehr ans Rechnen als ans Schreiben denke.

Ich lief zurück, tauschte den kleinkarierten gegen einen großlinierten Band um und trug ihn die Währinger Straße hoch. Von ihr geht die Berggasse ab, in der ich das Buch fester umklammerte. Mir war etwas mulmig bei der Annäherung an das Haus Nr. 19, wo einmal Dr. Freud praktiziert hat. Wer da klingelt, kommt sich noch heute vor, als hätte er einen Termin. Die Couch steht zwar nicht mehr im 1. Stock, aber den Garderobenwandschrank im Vorzimmer gibt es noch. Dort legte ich das Buch ab. Wer besitzt schon ein Notizbuch, das eine Stunde lang im Schrank von Dr. Freud gelegen hat? Ich vergaß nicht, es wieder mitzunehmen. Im Kerngebiet der Psychoanalyse ist man gegen Fehlleistungen offenbar gefeit.

Der Besuch beim Professor lockerte mich sogar so weitgehend, dass ich anschließend in einem Second-Hand-Laden schräg gegenüber Jacketts mit grotesken Mustern ausprobierte. Ich kaufte keines, freute mich kleinkariert über das gesparte Geld und stellte an der Strudlhofstiege fest, dass ich das Buch bei den Klamotten hatte liegen lassen. Ich lief zurück. Es lag noch da, seine Ambivalenz war offenkundig: einerseits wollte es in Wien oder gar der Berggasse bleiben, andererseits gern die begonnene Reise fortsetzen. Und was

die Ambivalenz des Käufers anging: er fürchtete die leeren Linien, die er bedecken wollte, und die in ihnen nistenden Dämonen aus Freuds Garderobe…

Um mich davon abzulenken, betrat ich in der Sonnenfelsgasse ein Buchantiquariat. Es duftete nach längst geschriebenen und gelesenen Zeilen. Man bewegte sich langsam und leise, um die unsichtbaren Spinnweben der Buchschicksale nicht zu zerreißen. Nur wenige Bände in den Regalen sahen so aus, als wollten sie noch etwas erleben. Zwei davon erwarb ich und trug sie in die Kneipe gegenüber. Als ich am Tisch die Tüte aufmachte, waren sie noch drin. Aber eben nur die zwei. Das Notizbuch hatte sich wieder aus dem Staub gemacht oder besser: in den Staub.

Es lag an der Antiquariatskasse, unbeachtet, abwartend und störrisch. »Jetzt reichts aber«, sagte ich. «Du kommst in die Tüte zu den andern.« Da steckt »A4 96 L« immer noch, von Tschechow und Sackville bewacht, und kommt sich ganz schön bedeutsam vor. Meine Notizen werden es schon noch ernüchtern.

Der stumme Diener

Die Freiheit kommt manchmal blitzschnell und unerwartet. Diesmal war es in der Kurve am Bahndamm. Die Straße biegt sich dort über ein Flüßchen, an einem knallrosa Haus vorbei und unter dem Eisenbahnstrang hindurch, der das Flachland mit der Landeshauptstadt verbindet. Und hier geschah es.

Mitten in der Kurve sah ich ein Glitzern, bunte Kappen, Saxophone, Schwerter, Schenkel, bremste und fuhr den Wagen auf den Grasrand. Eine Frau auf Rollschuhen hielt mir ein Tablett entgegen. Es war leer, und sie ging mir nur bis zur Hüfte, wie die meisten hier. Der ganze Platz zwischen Kurve und Bahndamm stand voll mit stummen bunten Wesen.

Jazzmusiker, Filmstars, Piraten, Comicgestalten, Kellnerinnen. »Alle aus Alabaster«, sagte der Schnauzbärtige, der sich aus dem Schatten eines Wohnwagens gelöst hatte. »Alabaster mit Kunststoff. Dat hält bei jedem Wetter. Die Farben auch.« Ich strich der Rollschuhfahrerin über das Käppi. »Was kost'n so eine?« »Die da hundertfuffzig. Sie könn' auch'n größeret Tablett draufschrauben.«

Die kam nicht in Frage. Was sollten unsere Gäste denken, wenn beim Gartenfest so eine kurzberockte Kitschfigur auf dem Rasen stand? Auf Rollschuhen! Es würden zwar fast alles Gäste sein, deren gelassener Weltsicht man mit dem Aufstellen geschmackloser Halbalabaster durchaus schmeicheln könnte, aber – die Rollschuhfahrerin lieber nicht.

Ich sah mir ein paar Jazzmusiker an, alles Farbige mit Sonnenbrillen und ohne Tabletts. Es gab auch einen Sarottimohr mit Tablett, aber das ging natürlich auch nicht eingedenk jener Gäste, die jahrelang in Südafrika gelebt hatten. »Ja, da fällt die Wahl schwer, was?« Der Schnauzbärtige lächelte.

Die Sonne ließ seine Kitschfiguren immer bunter glänzen, und im Hintergrund leuchtete das rosa Haus neben dem grünen Bahndamm. Nie war mir die Halbwelt so freundlich erschienen wie hier an der Kurve zwischen dem »Casanova Club« und dem Alabasterkitsch des reisenden Rheinländers, während droben eine Diesellok ihre vier Wagen nach Norden zog.

Immerhin hatte ich 200 Mark in bar dabei, auch wenn die eigentlich für Getränke zum Fest gedacht waren. »Und der da?« Ein barocker Diener mit Halbglatze und Schmerbauch und Tablett. »Hundertfümmuneunzich. Dat is schon wat Seriöseres. Wird viel genommen.«

Der Diener hatte Ähnlichkeit mit dem Fiesling, der bei Miss Marple immer die Reitstallbesitzer spielt. Er hatte rote Glasaugen und grinste durch mich hindurch wie im Rinderwahn. Hundertsiebzig? »Ausnahmsweise!« sagte der Schnauzbärtige. Ich fühlte mich stolz, als ich den Diener ins Auto trug. Aber seltsamerweise änderte sich das mit jedem Kilometer. Hundertsiebzig Mark!

»Hundertfünfzig Mark?«, ächzte meine Mitbewohnerin. »Bist du bescheuert? Der ist ja furchtbar!« »Tja, ich dachte, man könnte ihn hier im Flur....« Er paßte aber gar nicht da hin. Wir stellten ihn ins Bad, mit einer Klorolle auf dem Tablett. Aber hier starrten seine roten Augen einem auf die Lenden, wenn man vorm Klo stand. Im Arbeitzimmer nervte er auch.

Meine letzte Hoffnung waren die Kölner, die zum Fest das Kölsch mitbringen würden. Diese Rheinländer würden doch das gewisse Etwas erkennen, das mir dort am Bahndamm entgegengefunkelt war. »Nein!«, schrie mein Freund

und stellte das Kölschfäßchen ab. »Der ist ja grauenhaft!« »Und ich habe hundertsiebzig Mark bezahlt«, sagte ich verlegen. »Ich weiß auch nicht wieso.«

Und ich erzählte ihm vom Parkplatz am Bahndamm, vom rosa Haus und der Rollschuhkellnerin und der Sonne auf den Figuren. Er sah mich nachdenklich an. »Ach weißte, manchmal muß man sowas machen. Doch, doch. Komm, den stell'n wir hier neben das Faß.« Da ist er dann zum Glück kaum jemandem aufgefallen. Nach dem Fest schleppte ich ihn auf den Dachboden.

Dort kann der stumme Diener jetzt die Ratten erschrekken. Und mich an jenen Mittag erinnern, an dem es mich aus der Kurve trug und in die Freiheit jenseits des guten Geschmacks.

Verurteilen Sie mich bitte nicht schneller, als ich gefahren bin! Selbst das war schon zu schnell. Mit 101 Kilometern in der Stunde hat sich mein Automobil in jener Nacht über einen ausdrücklich so genannten Schnellweg bewegt. Trotz dieser moderaten Geschwindigkeit soll ich eine Baustelle übersehen haben, von der der »Fachbereich Recht und Ordnung« der Landeshauptstadt später behauptete, dass sie sich dort befunden habe. Nebst Hinweisschild »50«. Wenn man »außerhalb geschlossener Ortschaften« 51 km/h zu schnell fährt, ist, wie es hierzulande heißt, »der Lappen weg«. »Lappen weg« war für mich immer eine ähnlich dumpfe Prägung wie der mittägliche Rülpsgruß »Mahlzeit!« oder »…und tschüss!«

Nun aber sollte ich dem Dokument *adieu* sagen, obwohl die Beweislast wenig wog. Auf dem mir zugesandten Foto waren weder ich noch das Auto zu erkennen. Es hätte auch ein Affe auf einem Leiterwagen sein können. Und ob es diese Baustelle je gegeben hat? Ich kreuzte unter »Wird der Verstoß zugegeben?« das »Nein«-Kästchen an, bekam einen weiteren, schärferen Bescheid und fuhr zum Ordnungsamt, um mich über die Qualität des Fotos zu beklagen. Eine Mitarbeiterin zeigte mir am Bildschirm bessere Aufnahmen. Immer noch nicht toll, aber wenn ich Einspruch erhob, war der Lappen (so nannte ich ihn längst) halt erst nach den Ferien weg, dann, wenn ich ihn brauchte.

Also ging ich zu Zimmer 27. Diesem Zimmer sieht man an, dass es weder dem Wohlbefinden der Gäste noch dem der dort Arbeitenden dient. Sein größtes Heiligtum ist der Ordner »FS« (für »Führerschein«), und an der Tür hängt die kopierte Karikatur eines Chinesen, der sagt: »Albeite flöhlich ohne Mullen und Knullen.« In der Ecke schwieg ein Radio, das Neonlicht war stärker als die Sonne von draußen. Die Mitarbeiterin arbeitete zwar nicht fröhlich, aber sorgsam. Das Murren überließ sie wohl den Leuten, die hier den »FS« abgeben mussten.

Nun begann eine erstaunlich schöne Zeit. Zuhause wurde renoviert, und immer, wenn etwas aus dem Baumarkt fehlte, fuhr ich nicht zum Baumarkt, sondern durchsuchte das Haus und schnorrte bei den Nachbarn. Latten, Kabel, Schrauben – alles da! Ich sparte so viel Geld, dass ich ein Fahrrad dafür kaufte. Ich radelte gern zur Tankstelle, um die Eskalation der Spritpreise zu verfolgen. Bei Gesprächen war ich nicht mehr aufs Einstiegsthema »Wetter« angewiesen. »Lappen weg« zündete immer. Offensichtlich war jeder schon mal erwischt worden. Ganze Biographien enrollten sich entlang der bundesdeutschen Blitzgeräte. Und mit den nichtgeblitzten Verstößen, die mir gebeichtet wurden, hätte man ein zusätzliches Ordnungsamt auslasten können.

Jetzt könnte eigentlich auch mal mein Ordnungsamt zugeben, dass es diese ominöse Baustelle nie gegeben hat. Na egal, für irgendwas werde ich den schönen Sommer schon verdient haben. Und für die 175 Euro Bußgeld können die im »Fachbereich Recht und Ordnung« ihr Zimmer 27 ja mal etwas gemütlicher ausstatten.

Bericht von einer Vermählung

Gerade habe ich mir einen kühlen Weißwein neben den Bildschirm gestellt, die Jahreszeit und das Thema verlangen danach. Das Thema ist auch jahreszeitlich bedingt. Viele Leute heiraten im Sommer. Jetzt hat es wieder einen aus meinem Bekanntenkreis getroffen, und es war alles, wie es sein soll. Ein schönes Paar, eine schöne Kirche, ein schönes Fest in einer schönen Villa.

Und dahinter dräute, auch das muss wohl so sein, eine dunkle Bitternis. Die ewigkeitlichen Maßstäbe lasten schwer auf den Vermählten. Diese Paare werden mit anderen Blikken gesehen. Irgendwie schicksalhafter, exemplarischer, und dann ist es ja auch ein Abschied, warum auch immer, fast zum Melancholischwerden. Wein her!

Der Bräutigam, jung an Jahren, war schmal und blass geworden, sicher auch aus Angst vor dem, auf was er sich da einließ. Eigentlich hatte er niemals mit seiner Freundin zusammenziehen, kein Kind kriegen und schon gar nicht heiraten wollen. Jetzt plärrte sein Sohn in die Predigt, am Konto nagte der Hausbau, und neben ihm stand eine ziemlich dominante Frau.

Au backe, dachte ich. Mal sehn, was von dem übrigbleibt. Und eine Kollegin neben mir weinte, weil sie sicher war, dass nichts von ihm übrig bleiben würde. Schon jetzt, sagte sie, sei er nicht mehr der Alte. Das Lachen verloren, das unbekümmerte Knabentum dahin, mit der Erziehung überfordert und, am furchtbarsten, gezwungen, für die nächsten zwanzig Jahre Redakteur zu bleiben.

Redakteure dürfen sich, nebenbei gesagt, niemals ein Glas Weißwein neben den Bildschirm stellen, auch wenn sie ihn sich natürlich kistenweise leisten können. Weil ich das weiß, hatte ich mich geweigert, an der Spendensammlung für das Brautpaar teilzunehmen. Geld statt unbrauchbarer Geschenke, hatte es geheißen, so ein Fest ist teuer! Und das war es auch.

Entkorktes und Gezapftes am laufenden Meter, ein endloses Büffet und beste Bedingungen, nach kleinen Abenteuern Ausschau zu halten, wie es in »Vier Hochzeiten und ein Todesfall« so schön vorgeführt wird. Aber ich Unverheirateter bin sowas von treu und scheu, dass ich lediglich dokumentarische Blicke warf, und außerdem kannte ich die ja alle gar nicht.

Von wegen kennenlernen! Ich weiß nicht, woher die Annahme kommt, ein Fest müsse nur groß und bedeutungsschwer genug sein, dann würden sich Wildfremde unversehens in die Arme sinken. Die Grüppchen blieben alle schön für sich und hielten jeweils eine launige Rede, deren Anspielungen die jeweils anderen Grüppchen nicht verstanden.

Nur einen verstanden alle. Der sagte: »Nun könnt ihr die Probleme gemeinsam lösen, die ihr alleine nicht gehabt hättet.« Da brach meine Kollegin erneut in Tränen aus. »Er war immer so fröhlich«, schluchzte sie. »Aber er lebt doch noch!«, tröstete ich sie und schenkte Wein nach. »Vielleicht hast du recht«, sagte sie und ging mit roten Augen zum Büffett, wo sie Lachshäppchen auf ihren Teller türmte.

Ich höhle den Kapitalismus aus

Eine Zeitlang habe ich mich gewundert über die eher kapitalismuskritischen Menschen um mich, die sich Aktien kaufen. »Wieso Aktien!«, brausten sie gern auf. »Ich spekuliere doch nicht, ich lege mein Geld in Fonds an!« Aber dann kam doch heraus, wie spannend sie neuerdings den Wirtschaftsteil fänden. Und warum sie im Sommer Cabrio fahren.

Sie sagten mir auch, daß ein Zusammenhang zwischen Arbeitslosigkeit und Profitmaximierung nicht zwangsläufig besteht, sondern...äh...und außerdem gebe es doch auch moralisch einwandfreie Spekulanten wie diesen Soros, der sein Geld den Armen stiftet. »Wie früher bei Fürstens und bei Fuggers«, sage ich. »Genau«, erwidern sie, »der Staat sollte sich zurückziehen.«

Damit hat er ja auch schon angefangen. Wahrscheinlich wird er sich an dem Tag, an dem ich mir meine Miete nicht mehr zusammenschreiben kann, so weit zurückgezogen haben, dass ich mich allabendlich auf Greisenkrücken unter eine Brücke schleppen muss, begleitet von höhnischen Rufen wie »Der kluge Mann baut vor«, und mir dort ein Feuerchen aus abgelehnten Manuskripten schüre.

Mit dieser Horrorvision, aber auch den Cabrios und Empireschränkchen meiner Bekannten vor Augen, habe ich beschlossen, den Kapitalismus sozusagen von innen auszuhöhlen und mir auch Fonds zu kaufen. Nicht, weil ich Spekulant wäre! Ich will mich nur nicht von Spekulanten in die Enge treiben lassen. Aber was? »Neuer Markt!« rät mir der Mann mit dem Cabrio.

»Am besten unbekanntere Firmen. Zum Beispiel der Fiaskofond hat in den letzten beiden Wochen schon fünfzig Prozent gebracht. Und im Vorjahr 400. Eine irre Performance!« »Was der dir da rät«, stöhnt die Frau mit dem Empireschränkchen. »Fiaskofond ist Risikostufe 6! Wenn schon neuer Markt, dann Treudeutsch Digital! Der ist solide und bei den Langfristigen unter den ersten zehn.«

Langfristig? Aber was ist, wenn ich mir doch erst ein Cabrio kaufen will und mich erst später um die Alterssicherung kümmern? Oder ich nehme zwei Fonds. Einen fürs Alter und einen zum Spaß. Hoho, das wird den Kapitalismus aushöhlen, wenn seine skeptischen Insassen nicht mehr an ihren Fahrrädern und Laubhütten zu erkennen sind.

Sondern von einem Cabrio zum andern den wirklich schlimmen Haien die Meinung sagen. Wirklich human ist an meiner Investition ja, dass ihr Gewinn direkt einer Minderheit zugute kommt, die mit Geld etwas anfangen kann, Stil hat, kulturelle Werte schafft oder bewahrt oder so ähnlich. Nämlich mir. Vorausgesetzt, es gibt einen Gewinn.

Im Moment sieht es nicht so aus. Sowohl »Slalom Internet« als auch »Japan Hysteria« befinden sich in steilem Sinkflug. Aber die werden schon wieder steigen. Wir werden schon noch sehen, wer hier wen aushöhlt, ich den Kapitalismus oder umgekehrt. Aber so ein Empireschränkchen sollte ich mir beizeiten sichern. Das passt unter jede Brücke.

Eisenbahn und Revolution

Die nächste Weltrevolution wird auf den Eisenbahngleisen beginnen, soviel ist sicher. Ich wüßte nur einen, der das hinauszögern könnte, und das ist der alte Zugchef, der immer die Ansagen zwischen Magdeburg und Leipzig macht. Keiner in der ganzen weiten Welt der Eisenbahnen gibt sich solche Mühe beim Ansagen der Verspätungen.

Mit gefaßter Stimme formuliert er seinen »Informationshinweis zu den Konsequenzen aus der Zugumleitung«, nämlich daß nun »die Situation eingetreten« sei, »daß Sie Ihren sonst geplanten Intercity nicht erreichen können.« Dann empfiehlt er, die »Weiterfahrmöglichkeit« »mit diesem Interregio zu vollziehen. Einen anderen Weg sehen wir gegenwärtig nicht als machbar an.«

Er hat es begriffen, der alte Kondukteur, daß die Vorgänge im bundesdeutschen Schienenpersonentransportbeförderungswesen, wie er es nennen würde, aufs Ganze gehender Sätze bedürfen. Von ihm fühlen sich die Fahrgäste verstanden, während sie aus den Fenstern der stehenden Züge blikken, deren Weiterfahrt sich »um unbestimmte Zeit« verzögert, entweder wegen eines »Oberleitungsschadens« oder weil es so gefügt ist, daß die ganze abendländische Eisenbahnhochkultur im Elend enden muß.

Da stehen sie und blicken in den Sommer und können schon die Lebenszeit nicht mehr messen, die sie auf den Schienen hingeopfert haben. Mit nervösem kurzem Lachen lauschen sie auf den Bahnhöfen den Ansagen, aus denen auch die Reisenden anderer Züge und Ziele ihr nicht selten dreistelliges Schicksal erfahren. Immer mehr Zeit haben sie zum Nachdenken, und sie ahnen ein Europa, in dem sich überall die schönen glänzenden Züge nur noch von einer Panne zur nächsten schleppen. Und zugleich entwickelt sich ein ganz neuer revolutionärer Elan.

Ich habe es gesehen. Wir waren aus einem havarierten Zug in einen gestiegen, der zwar fahrplanmäßig losfuhr, aber wie zum Hohn rasch zwanzig Minuten Verspätung erarbeitete. Bei einer Baustelle schlich er an einem anderen vorbei, der dort offenbar schon länger stand. Man ahnte schon Moos an den Rädern, auf den heruntergeschobenen Fenstern lehnten die Fahrgäste.

Sie blickten nicht wie sonst. Ungeduld, Zorn, Sorge hatten sie hinter sich, aber das Stadium der Ergebenheit war nicht eingetreten. Ihnen fehlte das Schafsmäßige. Sie erinnerten mehr an eine Gruppe durchindividualisierter Hochlandrinder, deren Augen dunkel funkeln, bevor sie die Weidezäune niedertreten und mit ihren herrlich gebogenen Hörnern großen Schaden anrichten.

Nein, keinen Schaden, die nächste Weltrevolution wird endlich einmal gewaltfrei sein und an vorhandenen Strukturen orientiert. Und unter einer Weltrevolution würde es bei soviel angestauter Energie nicht abgehen, das war klar, gutes Wetter vorausgesetzt. Bei Regen gibt es keine Revolution. Eines schönen Tages, ja vielleicht in diesem Sommer noch, würden aus vielen stehenden Zügen die Fahrgäste in die duftenden Wiesen hinausspringen und gewaltige spontane Debattierzirkel bilden.

Umgehend würde sich ein Sternmarsch auf Mainz zur Bahndirektion formieren. Sie wird sofort und gewaltfrei entmachtet, innerhalb von zwei Wochen ist das Schienenwesen zum zuverlässigen Transportsystem umformiert, die lächerlichen Täuschungen des sogenannten Individualverkehrs haben keine Chance. Bis zur Umverteilung des Privatvermögens ist es dann nur noch ein kleiner Schritt, die Betreffenden werden ihn, überwältigt von der Humanität und Breitenwirkung der Eisenbahnrevolution, selbst anbieten...

Aber was ist mit dem netten alten Zugchef? »Gegenüber unserer Vorinformation hat sich die Pünktlichkeit günstiger gestaltet«, höre ich ihn gerade sagen, »wir wünschen Ihnen unter diesen Bedingungen eine erträgliche Weiterfahrt...« Werden ihn die Revolutionäre nicht doch wegen konterrevolutionärer Tröstungsraffinesse auf die Gleise binden? Ihn beschuldigen, daß die Passagiere zwischen Magdeburg und Leipzig bis zuletzt duldsam blieben? Träume ich? Der Zug bewegt sich! Ja, ein Traum...

Ratlos vor der Aporie

Ich war ganz zufällig in die Ecke des Buchladens geraten, in der diese spezielle Sorte von Büchern steht. Und als ich die breiten, glänzenden Rücken dieser Bände vor mir sah, über-
kam mich ein Gelüste, ich zog verstohlen einen heraus und schaute gleich nach dem Reizwort. Einem Wort, gegen das ich von jeher eine starke Abneigung habe, weil ich mir den Sinn partout nicht merken kann: »Idiosynkrasie«...

Ja, es stand drin. »Starke Abneigung gegenüber bestimmten Personen, Lebewesen, Reizen, Anschauungen u.ä.« Aha! Ja, genau! Hatte ich mir fast gedacht, brauchte ich das Buch wohl doch nicht. So lange schon war ich ohne Fremdwörterlexikon ausgekommen, warum jetzt 20 Dukaten dafür opfern? Heisst es im Singular eigentlich die Dukate oder der Dukat? Auch hier half der Band, irritiert aber mit dem Genitiv »des Dukatens«.

Und überhaupt wäre es natürlich schön, wenn neben der Wortbedeutung auch gleich die Entstehung stünde, aber ein etymologisches Fremdwörterlexikon wäre dreimal so dick. Weil ich mir mal gemerkt habe, was »Etymologie« heißt, glaubte ich, ich käme auch so zurecht. Die paar Termine, pardon, Termini hat man doch im Kopf, dachte ich stolz, und die, die ich nicht kenne, brauche ich auch nicht. Wo kämen wir denn da hin! Und außerdem, wie sieht das aus!

Meterlange Fachlexika sehen gut aus im Arbeitszimmer, geheimnisvoll und unergründlich, aber so eine Fremdwörterschwarte im abwaschbaren Einband signalisiert doch gleich: Emporkömmling, der nur die Hälfte von dem versteht, was er liest, und dauernd nachschlagen muss. Das ist fast so schlimm wie »Wie sage ich es richtig« und »Mit Goethe durch das Jahr«, wenn ich das mal so idiosynthetisch oder wie es noch heißt sagen darf.

Außerdem macht es nichts, wenn man in Sätzen gelegentlich auf Glatteis kommt. Diese Stellen irisieren, wobei es gleich schön ist zu glauben, irisierende Stellen hätten etwas mit Irland (Joyce!) zu tun, oder zu wissen, dass sie in allen Regenbogenfarben funkeln. Gelegentlich!

Aber dann häuften sich in meinen fremdwörterbuchlosen Jahren die Aporien, und zwar in den Feuilletons. Während viele Feuilletons in »Kultur« umgetauft wurden, kamen die Aporien sowas von massiv in Mode, »die Aporien der Moderne«, »die Aporien der Globalisierung«, dass es mich ratlos machte, ja geradezu ausweglos! Was hatten sie plötzlich alle mit diesen Aporien? Früher hatten doch Aphorismen gereicht, Apotheken und Amphoren!

Also gut, ich stand da in der Buchhandlung, schlug nach und stellte hocherleichtert fest, dass »Aporie« einfach bloß »Ratlosigkeit« heisst, oder »Ausweglosigkeit«. Das konnte ich mir merken. Wenn also diese Feuilletonisten nicht durchblicken, schreiben sie »Aporie« und stehen gleich wieder glänzend da. Ha! Ich kaufte das Buch. Ich gestehe, es oft zu benutzen. Es ist mir in all den Aporien zur Apotheke geworden, trotz aller Idio...Idolalie...Idiotie? Ach, was weiß ich.

Katzen und andere Herrscher

Vielleicht war es keine gute Idee, der schwarzen Katze diesen Namen zu geben. Aber die Tierärztin fand ihn gut. »Dann besteht ja die Chance, dass mal jemand mit dem Namen nicht größenwahnsinnig wird«, sagte sie damals und strich dem kleinen Pelztier über den Schädel. Die Katze schnurrte. Mittlerweile ist sie groß und grausam.

Es ist gar nicht auszudenken und zu erzählen, was sie mit Mäusen veranstaltet. Jede Katze foltert Mäuse, wie man weiss, oder »spielt« mit ihnen, wie manche sagen. Aber nach einer halben Stunde machen sie dann doch endgültig Schluss mit den Nagern. Unsere nimmt sich neuerdings zwei Stunden Zeit. Die Pein der Opfer ist uns peinlich.

Wo sind denn die tausende von Jahren Zivilisation geblieben, die Mensch und Katze gemeinsam verbrachten? Da müsste doch mit der Zeit was in die Gene gesickert sein! Fragt sich nur, in welche Richtung. Immerhin, unsere Katzen lieben Risotto mit Steinpilzen, bevorzugen die Beatles und drapieren sich gern so, als sollten sie gemalt werden.

Aber sie foltern Mäuse, eine schlimmer als die andere. Die andere heisst Valentine und ist wohl schon deswegen konzilianter, weil sie keinen Männernamen trägt. Vielleicht verbittert es ihre Schwester, dass wir ihren Namen nicht feminisierten. Oder ist ihr sein schauriges Erbe auf geheimnisvollen Wegen in die Seele gedrungen?

In letzter Zeit wirkt sie übertrieben stolz. Noch nicht größenwahnsinnig, aber herablassend. Während Valentine unter lautem Geschrei zum Napf rast, gleitet die andere gelassen vom Stuhl herunter und schafft es, ohne jede Hast in gleicher Zeit das Fleisch zu erreichen. Danach blickt sie so auf: »Das war also alles? Nun, mehr ist hier wohl nicht zu erwarten. Mäuse, begrüßt euren Würger.«

Valentine guckt eher so: »Phantastisch! Und jetzt? Und jetzt? Noch Leckereien? Was machst du da am Herd?« Die eifrige Schwarzweiße geht nicht so oft auf die Jagd, obwohl

sie sie als erste beherrscht hat. Sie guckt lieber zu, uns oder den grausamen Spielen der Schwarzen, die mit tiefem Knurren ihre Beute hereinschleppt.

Aber natürlich sind sie nicht grausam, diese Spiele, denn die Katze hat anders als der Kaiser keine Ahnung, was in ihren Opfern vorgeht. Sie hasst sie auch nicht, sie liebt diese Mischung aus Spielzeug und Speise. Die Maus soll so lange herumlaufen wie möglich, sie ist eine Kostbarkeit, und die Katze würdigt das auf ihre Art. Nicht auf unsere.

Das ist nur eben nicht leicht zu begreifen, da Katzen sich in andern Belangen genau die Wünsche erfüllen, die wir auch haben. Gut essen, gut aussehen, dauernd auf dem Sofa liegen und dafür noch gelobt werden. Natürlich auch fürs Mäusefangen. Das unterstützen wir, die Nager gehen sonst ans Mehl. Sie darf töten. Nur macht sie das nicht diskret.

Und verweist uns so auf die Gewalt hinter den Fassaden der Kultur. Der Name war doch gut gewählt. Na, Nero, schmeckt's?

»Äh...pagare...?«

Zu den großen abendländischen Rätseln gehört das Nichterlernen des Italienischen. Zumindest bezogen auf den großen Kreis nördlicher Reisender, die seit dem fünften Jahrhundert immer wieder gern nach Rom kommen und sich längst besser benehmen als die Wandalen unter Geiserich. Nur sprechen können sie noch nicht.

Jedenfalls nix gutt. »Nix gutt.« Mit diesen Worten schiebt mir der Barkeeper meine Tausendlirescheine zurück. Er würde mir ja gern freundlich erklären, dass sie ungültig sind, dass es ihm leid tut, dass die nächste Bank die Lappen tauscht. Aber was hülfe das bei einem Gast, der nur gerade sein »Un Cappucino por favore« stammeln kann.

Der sich die Korrektur zu »per favore« errötend verkneift und wie so oft beschließt, endlich die Sprache seines Lieblingslandes zu lernen. Aber ich werde sie wohl nie lernen. Ich stehe ungealtert in der Ewigen Stadt und fühle mich genauso tapsig wie ganz damals als verschwitzter Interrailer. Komischerweise gefällt es mir.

»Ahh...ja! Ach so. Scusi. Si, si.« Ich stopfe die alten Scheine wieder ins Portemonnaie und krame nach neuen. Der Barkeeper schaut mit jener Unbeweglichkeit halb zu, halb daran vorbei, für die Roms Kellner berühmt sind. Der Capuccino, den er mir hinschiebt, ist gut. Letzten Endes kriegt hier jeder, was er braucht.

Warum also soll ich Italienisch lernen? Kurse besuchen, mich im Winter in Volkshochschulen mit anderen Deppen treffen und Dialoge üben, die im Sommer schon wieder vergessen sind und in der Gastronomie eh keinen Platz haben? Zwar ahne ich, dass es geschmeidigere Floskeln gibt als »Signore, signore! Äh...pagare..!?«

Aber die Signori ahnen, dass ich es ahne. Unduldsam machen den Römer, glaube ich, nur jene Reisenden, die ihn in krachendem Barbarisch ansprechen oder aber vor Scham versinken möchten. Ich stammele heute schamfreier als früher. Defizite einfach integrieren! Ob es das ist, was man Reife nennt?

Die Italiener nennen es wohl eher »fare la figura del cretino«. Den Narren machen. Das ist eine der wenigen Wendungen, die ich mir gemerkt habe. Ich vertrieb mir einmal die Zeit in einem Restaurant, indem ich blind Begriffe aus dem Wörterbuch pickte und sie lernte. Das mit dem »cretino« konnte ich schnell.

Außerdem lernte ich »bucaneve«, Schneeglöckchen, und »festone«, Girlande. Dann wurden die Ravioli gebracht. Die kannte ich schon vorher, die andern Wörter habe ich nie wieder gebraucht. Und nie wieder vergessen. Gelegentlich führe ich sie anderen Barbaren vor. Dann staunen sie und fragen, ob ich etwa Italienisch kann.

Wenn ich die Wahrheit gestehe, bekennen sie, wie gern auch sie diese schöne Sprache erlernen würden. Aber sie tun es nicht. Wir machen weiterhin die figura del cretino, jahraus, jahrein. Ein Krampf um Rom. Eine Mischung aus Masochismus und der Wandalengewißheit, dass, wer es über die Alpen geschafft hat, garantiert einen Capuccino kriegt. Das nix gutt. Aber schön.

Wie nennt man wohl diese blauweißgestreiften Plastikbadelatschen, in denen Männer mit abstehenden Armen durch die Garderoben der Fitnessstudios schlurfen, wobei sie die Knie möglichst durchgestreckt lassen? Heutzutage gehört ja zu jedem Fetzen ein anglophoner Fachbegriff. Vielleicht Slopper. Oder Squeedles. Oder Slodgers? Oder gibt es noch gar keinen Terminus? Falls irgendeine Agentur gerade über einem Latschenwort grübeln sollte – bitte, bedienen Sie sich, und vergessen Sie nicht, im Namen des kategorischen Imperativs, mir das Honorar zu überweisen. Was es mit dem Imperativ auf sich hat, werden Sie im Kantjahr garantiert noch oft genug erklärt kriegen.

Hier jedenfalls nicht. Hier geht es heute eigentlich auch nicht um Badelatschen, sondern um das Filmepos »Herr der Ringe« und die vertiefende Wirkung, die es auf das mitmenschliche Nebeneinander im Fitness-Studio haben kann. Es ist nämlich so, dass mir dort eine bestimmte Sorte von Männern monatelang etwas lästig war, und zwar weniger wegen ihrer geradezu uniformiert gleichartigen Badelatschen als wegen ihrer Gepflogenheit, grüppchenweise die Langhantel zu blockieren, grausam schwere Gewichte zu heben (sie fangen unter 70 Kilo Bankdrücken gar nicht erst an) und sich ganz eindeutig für die wichtigsten Männer im Dorf zu halten. Vermutlich war ich neidisch.

Schön sind sie nicht, ihre Arme stehen, wie gesagt, ab vor Kraft, kurzgeschorene Köpfe sitzen auf Stiernacken. Aber wer selbst Narrs genug ist, sich unter eine Langhantel zu legen, setzt sich nun mal ihren Maßstäben aus. Da hilft es nichts, dass im Studio auch ganz andere Leute sind. Der dicke Briefträger, der in der Tretmühle schwitzt, der schmächtige Jüngling, der in der Brustpresse ächzt, der alte Schwätzer, der nur zum Schein trainiert und hauptsächlich kommt, um jungen Frauen unaufgefordert Tipps zu geben, wie sie das Latissimusgerät einstellen sollen. Sie alle konnten mich nie über

die Gegenwart der Bullen trösten, deren Geringschätzung für meinesgleichen mit Händen zu greifen ist.

Bis ich Teil eins bis drei von »Herr der Ringe« erlebt hatte. Da erkannte ich sie anderntags beim Training: Kraftstrotzende, unverschuldet unmündige Kampfgestalten im Dienste des Bösen. Orks! Nicht, dass ich den Muskulatoren den Tod durch Elbenpfeile gewünscht hätte, auch fehlten ihnen die Reißzähne, aber sie und der ganze Fitnessladen bekamen eine berauschende mythologische Tiefe. Die Männergarderobe war voller Orks in blauweißgestreiften Squeedles, grunzend und bemuskelt, und ich kam mir vor wie ein Spion, den sie nicht erkannten oder, weil wir ja nicht im Kino waren, nicht zu erwürgen wagten.

Ich fand auch nicht mehr schlimm, dass sie mich nicht an die Langhantel ließen. Wie soll man Rücksicht von Orks erwarten? Es gibt ja noch andere Geräte. In den Bauchtrainer gekrümmt, ward ich zu Aragorn, der Gondor retten wird. Herrlich! Und da fiel mir auch ein, wie diese Badelatschen heißen müssen. Nicht Sloppers, Squeedles oder Slodgers. Sondern – Slorks.

»Und wohin fahrt ihr?«

»Wir? Gar nicht. Wir fahren nicht weg. Wir wollten mal den Sommer hier...« »Ah ja...das wird bestimmt schön.« War es schon Mitleid, was ich heraushörte bei den Leuten, die von diesen bodenständigen Ferienplänen erfuhren? »Die armen Schlucker«, dachten sie womöglich, »freischaffend! Da wird halt kürzer getreten.«

Darum erwähnte ich beiläufig, wo wir berufshalber in diesem Jahr schon überall waren und noch sein werden, Orte von solchem Glanz, solcher Ferne und Exotik, dass ich sie hier schon deswegen nicht aufschreibe, damit die Angestellten nicht wieder lästern, Freie hätten ja wohl ständig Urlaub. Nur weil kein Chef ihnen mit der Nilpferdpeitsche drohen kann.

Die Freien haben einen viel fürchterlicheren Chef. Sich selbst. Dieser Chef muss nicht mal zum Telefon greifen, um sein Opfer aus der keimenden Idylle zurückzupfeifen. Er nutzt das Intranet im Kopf. Das Pflichtmonster weckte den Sommerfrischler nachts, verlangte Korrekturen an einem Text und verschob den Urlaubsbeginn um zwei Tage.

Danach erinnerte es an einen mitten im Urlaub liegenden Termin, den zu verschieben ich vergessen hatte. »Aber du wusstest doch, dass da Ferien sind«, sagte meine Mitbewohnerin sauer, während im Dachgeschoss eine Kreissäge aufkreischte. Wir hatten nämlich, da wir ja schon mal zuhause waren, den Ausbau eines Zimmers veranlasst.

Es ist nicht leicht, sich schamlos im Liegestuhl zu räkeln, wenn ein Handwerker, schweißüberströmt aus dem Dachfenster spähend, einen dabei sehen kann. Ich dachte mir nützliche kleine Tätigkeiten aus, nachdem es tatsächlich nichts

Berufliches mehr zu tun gab. Ich renovierte einen Spirituskocher, mähte den Rasen und brachte Altkleider zum Container.

Und schon morgens gab es wie gewohnt die Zeitungen. Ich war wie erschlagen vom Fleiß, der in diesen täglich Dutzenden, in der Woche Hunderten von Seiten steckte. Sollte ich nicht doch Themen sammeln, um den Anschluss an diese Helden der Arbeit zu sichern? »Was notierst du da?« fragte meine Mitbewohnerin scharf. »Mögliche Ausflugsziele«, log ich.

Das fand sie gut. Nachdem wir uns zwei Wochen lang nur beim Essen und beim Herumschleppen von Gartengerät und Altkleiderkisten begegnet waren, wurde beschlossen, dass wir für drei Tage auf eine Insel führen. Wir wohnten in einer spießigen Pension, beobachteten vom Strandkorb aus die Erziehungsmaßnahmen strapazierter Eltern und aßen fettige Fische.

Es war wunderschön. Es gab Sonne, Brandung, Wind und Sand, es roch nach Sonnenöl und Salz, und die Welt war viel weiter als die, von der die Zeitungen im Ständer neben den Tauchermasken kündeten. Die Zeit lag still am Horizont, die Sommerurlaube früherer Jahre hoben sich aus ihr wie andere Inseln. Man sieht sie sonst nicht.

Zuhause habe ich Muschelschalen draußen auf den Briefkasten gelegt, und ich werde sie erst wegnehmen, wenn wir wieder richtig in die Ferien fahren, egal wie weit die Kohle reicht.

Der Fall der Kronen

Gelegentlich ist es doch schade, daß die meisten Geister und Elfen der Nordhalbkugel sich alle nach Island zurückgezogen haben. Denn andernfalls wäre unseren Nachbarn eben womöglich der Trecker kaputtgegangen oder wenigstens die Motorsäge, und die beiden Apfelbäume stünden noch. Ein Geist hätte sich das nicht bieten lassen.

Auf Island sind Geister in der Lage, auch stärkstes Bohrgerät zu verbiegen, wenn dem Bau einer neuen Straße ausgerechnet der Granitklotz geopfert werden soll, den sie bewohnen. Die Arbeiter kennen das schon und versuchen gar nicht erst, mit schwererem Gerät zu kommen. Sie bauen dann eben eine Kurve.

Und die Elfen haben zwar keine festen Wohnsitze, können einem aber auch zu schaffen machen, wenn man ihnen die Bäume wegsägt. Aber eben nicht in der norddeutschen Tiefebene. Hier besteht das Mysterium eher darin, daß man Bäume entfernt, die noch nicht einmal im Weg stehen, und daß es oft die nettesten Leute sind, die den Trecker kommen lassen.

»Aber warum«, habe ich unsere Nachbarn gefragt, »könnt ihr die Bäume nicht in den Zaun integrieren?« Das Problem ist nämlich eine Zaunversetzung, der die Apfelpflanzen im Wege stehen. »Weil der eine Baum sowieso fast tot ist«, sagten sie. Mit dem dichten Blätterdach? »Er trägt nicht mehr.« »Und der andere?« Der trage schon noch, sagten sie.

Aber nur so ganz kleine genußuntaugliche Äpfel, und die fielen dann im Herbst auf den neu anzulegenden Weg, der dort verläuft, wo vorher eine schöne alte Hecke war. Die mußte weg, um die Einfahrt so zu verbreitern, daß ordnungsgemäß ein Rettungswagen auf das Grundstück fahren kann. Für diese Vorschrift können unsere Nachbarn wirklich nichts.

Aber was ist nun mit den kleinen Äpfeln? »Die liegen dann da, und ständig müßte man sie wegmachen.« »Tja, da kann man nichts machen«, sagte ich erstmal ratlos. »Aber mit den Bäumen sieht es so nett aus.« Sie lächelten verständnisvoll über ihren Nachbarn, der zwar im Garten kaum einen Finger krumm macht, aber anderer Leute Bepflanzung unter ästhetischen Kriterien bewertet.

Da kam mir eine Idee. »Ich könnte euch doch die kleinen Äpfel wegmachen im Herbst. Täte mir gut, mal son bißchen Bewegung!« Sie lächelten noch verständnisvoller und wechselten das Thema. Dann geschah tagelang nichts. Der Zaun wurde gebaut, die Hecke entfernt, die Bäume aber standen. Waren etwa doch noch Geister und Elfen eingezogen und hatten den Trecker lahmgelegt?

Nach der Johannisnacht war ich fast sicher. Auf Island ist das die große Umzugsnacht der Elfen. Bestimmt hatten die paar Spiritualflügler, die es in unserer Gegend vielleicht doch noch gibt, die Apfelbäume besetzt und unsichtbare Transparente rausgehängt: »Bäume sind Träume«, »Dieser Baum wird instandbesetzt«, »Sägen zu Pflugscharen« undsoweiter.

Von wegen. Heute kam der Trecker, und nachdem sein Bullern verklungen war, hörte man die Motorsäge, und jetzt liegt nur noch eine Krone im vollen Sommerschmuck auf der Weide. Ungehindert fällt der Blick auf die abweisend verklinkerte Fassade eines Hauses, an der nur der Gedanke tröstlich ist, daß sie nicht unter Denkmalschutz steht und eines fernen Tages...

Aber bis es so weit ist, gibt es hier wahrscheinlich auch wieder Elfen und Geister. Bis dahin müssen wir eben nicht darüber rätseln, wer hinter der Rinde wohnt, sondern was in naturverbundenen, sympathischen Apfelbaumbesitzern vorgeht, die neben ihrem schönen Garten keinen Weg haben wollen, auf dem im Herbst kleine genußuntaugliche Äpfel liegen.

Es muß damit zu tun haben, daß Menschen eben nicht logisch sind. Ich höre ja auch nicht mit dem Rauchen auf, obwohl ich im Qualm nur gerade noch die Stelle sehen kann, wo vorhin noch die Kronen rauschten.

Sammy und das Monster

Sammy mochte mich nicht. Der Knabe, eineinhalb Jahre alt, rannte auf jeden vertrauensselig zu, mit dem seine Mutter sich länger als fünf Minuten unterhielt, meine Mitbewohnerin umhalste er, als kenne man sich ewig, aber mich schien er für ein Monster zu halten. Kaum hatten die Frauen uns allein gelassen, weinte er, als sei das Ende nah.

»Er hält mich für ein Monster«, erklärte ich ratlos, während seine Mutter ihn wieder beruhigte und mich tröstete: »Das legt sich!« Mit Männern sei es immer so, wenn er seinen Vater länger nicht gesehen habe. Natürlich missfiel es mir, von einem intelligenten Wesen wie Sammy einfach nur als Exemplar eines dunkel grunzenden Geschlechts wahrgenommen zu werden.

Noch mehr missfiel mir der Gedanke, Sammy könnte mit dem fabelhaften Gespür, das man Kindern zuschreibt, monströse und mir noch unbekannte Abgründe meiner Seele erfasst haben, enttarnt durch meine Unfähigkeit, nonverbal zu kommunizieren. Aber wie soll man einem näherkommen, dessen artikulierteste Äußerung »Gnörk« lautet?

Wie soll man, fragte sich umgekehrt wohl Sammy, einem näherkommen, der, wenn er »Gnörk« hört, nicht wie alle anderen strahlt, die Stimme hochschraubt, die Arme ausbreitet und den Namen »Sammy« mit einer Kette gurrender Koseworte verbindet, sondern steifschultrig dasitzt, ein hohles »Na, Sammy« von sich gibt und auf etwas zu warten scheint?

»Gnörk«, sagte er leise und sah verstohlen zu mir hin, gerade in dem Moment, als ich gelangweilt einen Pappuntersetzer auf dem Tisch kreiseln ließ. So etwas hatte er noch nie gesehen. Er trat näher, und ich beschleunigte einen weiteren Untersetzer, während der erste austrudelte, bis er flach auf dem Tisch lag. »Da«, rief Sammy und schlug mit der Hand auch den zweiten platt.

»Genau«, grunzte ich, setzte den ersten wieder in Bewegung und schoss ihn mit einem dritten ab. Es gab einen ganzen Stapel Untersetzer, und als wir alle auf und neben dem Tisch verteilt hatten, blickte Sammy erstaunt auf und entfernte sich mit zufriedenen Geräuschen. Er kehrte zurück mit einem Bilderbuch.

Es zeigte Tiere und dazu ihre Namen auf Hebräisch. Es war das erste Mal, dass ich fließend Hebräisch übersetzen konnte. »Pferd«, »Ente«, »Kuh«, las ich vor, während Sammy mehr auf mich als auf die Bilder achtete. Dann beobachtete er mich beim Briefeschreiben und ließ sich zeigen, wie man mit dem Kuli Spuren auf dem Papier hinterlassen kann. »Gnörk!«

Er ging weg, kam wieder mit dem Bilderbuch, hielt es mir hin und griff nach meinem Notizblock. Ein Tauschgeschäft? »Bitte sehr!« Während Sammy die Blätter füllte, versuchte ich, hinter das Geheimnis der hebräischen Zeichen zu kommen. Er machte schnellere Fortschritte als ich. Als er ins Bett musste, umhalste er meine Mitbewohnerin.

Dann sah er den Typen mit dem Notizblock ratlos im Zimmer stehen, marschierte auf ihn zu und legte ihm die Arme um die Knie: »Gnörk.« Was, wie ich jetzt weiß, eines der reichhaltigsten Worte der Welt ist und einen ganz schön erwischen kann.

Der Handwerker und sein Kunde

Im großen Buch der bestätigten Vorurteile hat kaum eine Berufsgruppe einen so gut ausgebauten, geradezu prächtigen Platz wie die Handwerker. Dumme Tenöre, saufende Chirurgen und neurotische Dichter stehen ja auch schon nicht übel da, aber gegen die Handwerker haben sie kaum eine Chance.

Diese sind, wie das richtige Leben immer wieder schmerzhaft bestätigt, inkompetent, unpünktlich, maulfaul und überbezahlt. Und natürlich sind sie eigentlich sehr nett und meinen es gar nicht böse. Eben dieser menschlichen Züge wegen können Männer Triumphe feiern, unter deren Wirken Tausende leiden.

Die Spezialität beispielsweise von Herrn Rohrbruch, wie wir ihn einmal nennen wollen, sind Heizungen. Im Sommer funktionieren sie prima, im Winter aber kommt seine große Zeit. Dann beginnt es in den Häusern zu knurren, was noch ein gutes Zeichen ist, denn wenn eine Heizung knurrt, ist sie immerhin angesprungen.

Wenn nicht, kommt Herr Rohrbruch, klopft auf eine Membran und sagt: »Das hat man bei diesen Geräten, daß die bei Feuchtigkeit...«, der Rest ist Gemurmel. Hilft das Klopfen nicht, baut er für 150 Euro eine neue Membran mit derselben Macke ein. Wenn wir Herrn Rohrbruchs Schild an einem neu zu verrohrenden Haus prangen sehen, packt uns die Schadenfreude.

Wir sind jetzt umgezogen und haben einen Klempner namens, sagen wir, Wasserschaden. Er wollte um halb eins kommen. Als wir um zwei seine Firma anriefen, hieß es, so auf die Minute genau könne er eben nicht da sein. Dafür hat er umso länger gebraucht, um aus einem intakten Wasserhahn einen zu machen, der nur noch hustet.

Es liegt aber nicht an ihm, sondern den alten Leitungen, die eigentlich sowieso nicht hätten funktionieren dürfen. »Damit kann man keinen Krieg gewinnen«, murmelt Wasserschaden und schlägt die Verlegung einer ganz neuen Leitung vor. Wir lehnen ab, und er behebt den Engpaß einfach, indem er mit dem Hammer gegen die Rohre drischt.

Er nennt diese Technik »maln bißchen erschrecken das Teil«. Nicht ungefährlich, wie sich bei Elektriker Kabelbrand erweist. Er erschrickt den maroden Sicherungskasten mit seinem Phasenprüfer dergestalt, daß ein sprühender Blitz in den Flur knallt. Diese Teile erschrecken eben auch gern mal einen Handwerker. Zur Strafe beschließt Kabelbrand, daß alles neu muß. »Wer hat das denn hier eingebaut? Ouh, oouhh, das sieht ja böse aus!«

Für alle Fälle lassen wir noch seinen Konkurrenten Kurzschluß kommen, der statt einer Stunde für die Besichtigung nur zwei Minuten braucht, dafür aber nicht sagen will, was er vorhat. Beunruhigend. Anschluß für den Heißluftherd? Er nickt abwesend, als sei das sowieso klar, und faßt zusammen: »Kein Thema.« Kurzschluß will schon um sieben Uhr morgens anfangen. Das machen sie gern: Entweder warten lassen oder einen zu grausamen Zeiten aus dem Bett holen.

Ich gebe mich unterdessen pubertären Machtphantasien hin. Gern würde ich, zwei Meter hoch, mit glänzenden Muskeln bepackt und auf der blauen Latzhose den Schriftzug »Renovator«, in die Häuser treten, wo die Handwerker ihre Traumgagen zusammenlöten. Um den rechten Zeigefinger ließe ich eine Bohrmaschine kreiseln, die Linke tändelte lässig mit einem Schneidbrenner, und mit der Kinostimme von Arnold Schwarzenegger würde ich sagen: »Geh.«

Und alles selbermachen. Das kann ich aber nicht. Ich bin bloß der Kunde aus dem großen Buch der Vorurteile, den der Handwerker insgeheim weit weg wünscht. Der Kunde, der zwar keine Ahnung hat, aber lästige Fragen stellt. Der mit Hinweisen wie »äh, falls Sie noch'ne Zange brauchen ...« nervt. Und der ein vages Mißtrauen verstrahlt, das der Handwerker sich einfach nicht erklären kann.

Leider muß ich jetzt noch wie in den Amifilmen ein versöhnlerisches Ende ankleben, von der Realität diktiert. Kurzschluß hat nämlich mittlerweile seine Jungs geschickt, und sie waren richtig gut! Aber ich finde schon noch was.

Kurz hinter Schlammersdorf, einer kargen Ortschaft, deren Gastwirte alle gleichzeitig »Ruhetag« haben (das Wort ist noch schlimmer als »Fremdenzimmer«), trafen wir einen alten Mann, der unsere Rucksäcke anstarrte und wissen wollte, wie weit wir denn damit zu gehen gedächten. »Heute noch so zehn, fünfzehn Kilometer.« »Ach du lieber Gott!«, rief er aus. »Ach du lieber Gott!«

Dann wollte er wissen, wo wir denn heute losgegangen seien. »In Simmelbuch.« »Simmelbuch? Ach du lieber Gott! Und alles zu Fuß? Ach du lieber Gott!« Das sei nichts für ihn, erklärte er, während er forsch neben uns einherschritt. »Sie gehen doch selbst zu Fuß!« sagte ich. »Aber nur zum Friedhof. Drei Kilometer.« Seine Eltern lägen in Würgau. Dort sei er geboren.

Hatte er es also von Würgau bis Schlammersdorf gebracht im Leben, wir aber waren in einer Woche schon von Kübelstein nach Göring gewandert, von Göring nach Tiefenlösau, von dort nach Langweil, dann runter nach Kotzendorf, weiter nach Steifling, von dort wieder rauf nach Simmelbuch und... Nun war er gänzlich entsetzt. »Ach du lieber Gott! Warum? Warum?«

»Es macht Spaß.« »Spaß? Ach du lieber Gott!«, ächzte er, bemüht, Schritt zu halten. Seine beständige Anrufung höchster Instanzen bekam allmählich schon etwas Lästerliches. Aber vielleicht war er auch extrem gläubig, in dieser Gegend steht ja an jeder zweiten Ecke ein Kruzifix mit Heiland in der Landschaft, in größeren Abständen auch Marienschreine.

Eigentlich beruhigte es mich, dass dem Alten unsere Fortbewegungsweise so schreiend fremd war. Man möchte ja nicht unbedingt als Inkarnation altdeutscher Wanderlust von altdeutschen Greisen bejubelt werden: »Das Wandern, das Wa-hann-dern...« Aber ein bisschen Respekt darf schon sein, bei einem Tagesschnitt von 25 Kilometern, die Steigungen gar nicht gerechnet!

»Und wo kommen Sie eigentlich her?«, fragte er, als sich sein Entsetzen etwas gelegt hatte. »Niedersachsen.« »Ach du lieber Gott!« »Ja, aber natürlich nicht zu Fuss! Unser Auto steht in Kübelstein.« »Ach du lieber...« usw. Lesern, welche jetzt ein vages Grauen erfasst hat angesichts der Ortsnamen, sei versichert, dass es alle diese Orte zwischen Bamberg und Bayreuth tatsächlich gibt.

Unsere Wanderroute verlief aber ganz anders. Ich habe nur willkürlich die Namen ausgetauscht, um darzutun, wie wenig sie von der Landschaft verraten. Sie ist wunderschön. Wasserfälle und Wildrosen, stille urzeitliche Täler, mit Reihern über Weihern, sagenhaft entgrenzte Südblicke von Klippen, die aus Resten tropischer Meerestiere von vor 140 Millionen Jahren zusammengesetzt sind...

Das alles ließ diesen alten Schlammersdorfer kalt. Er war wohl immer nur zum Friedhof nach Würgau gegangen, und als er jetzt dorthin abbog und im Wald verschwand, glaubte ich seine helle Greisenstimme noch zwischen den unentwegten Rufen der Buchfinken zu hören: »Von Simmelbuch! Ach du lieber Gott! Zu Fuß! Nach Kübelstein! Ach du liiieber Gott!«

Naja, und dann sind wir doch noch an die Ostsee gefahren. Ich hielt das für einen Fehler, auch wenn ich einwilligte, und vielleicht wurde es gerade darum eine Katastrophe, eine selffulfilling prophecy. Die Ostsee verzeiht es einem nicht, wenn man, sich ihr nähernd, andauernd mault, es fehle dort an Brandung und Tidenhub, dafür sei der Seeboden übersät mit Giftgasfässern aus dem letzten Weltkrieg, die hier und da aber auch in den Küchen der ansässigen Gastronomen eingesetzt würden. Ich bin nun mal seit früher Kindheit der Nordsee verfallen, wo ich zuerst Weltweite verspürte, während die Ostsee mir immer als Pfütze galt, besonders an ihrem deutschem Rand, während sich über die Schären vor Stockholm ja noch reden lässt (Saltkrokan!).

»Aber Rügen!«, sagte meine Mitreisende, die es mit Macht nach Nordosten zog. »Rügen muss sagenhaft schön sein.« Davon hatte ich auch gehört. Schön und leer. »Raum ohne Volk«, hatte ein Freund noch vor wenigen Monaten geschwärmt. Und dann natürlich die Kreidefelsen. Also schön. In der Zeitung, die ich auf dem Beifahrersitz las, stand aber, dass wegen der Hitze auch die Ostseeorte »nahezu ausgebucht« seien. »Was die in Meckpomm halt so ausgebucht nennen«, beruhigte ich uns und schaltete das Radio ein. In einer Wissenschaftssendung war von 7000 oder 70000 Tonnen Giftgas die Rede, die in der Ostsee vor sich hinrotteten. Niemand wisse, was wo liege und wie lange die Fässer noch dichthalten würden.

»Natürlich wissen sie es«, behauptete ich. »Aber welcher Bürgermeister, der gerade in ein Hotel investiert hat, lässt schon durchsickern, was da durchsickert?« »Nun mach doch nicht alles schlecht.« Ich murmelte noch etwas von Peenemünde und den Hinterlassenschaften der Vergeltungswaffenbastler und ergab mich in mein Schicksal. Es war längst verhängt. Da, wo man noch hätte umkehren können, lockte eine niedliche weiße Fähre, und Rügen grüßte grün herüber. Auf einer Informationstafel schien uns der Ort Glowe besonders einsam am Nordende zu liegen. Wir begaben uns direkt dorthin. Viele Autos kamen uns entgegen. Ihre Fahrer hatten herausgefunden, was wir noch nicht wußten. Die Ostseeküste war nicht fast ausgebucht. Sondern ganz.

Der einsame Ort Glowe bestand aus kochendem Asphalt, tausend Autos im Stau und sechzig Herbergen mit dem Schild »belegt«. Schüttere Wälder voller Camper verdeckten die Ostsee. An einer Fischbude hielten wir an, und ich erstieg eine Art Deich, umschlurft von berlinernden Familien in Badeschlappen. Die Ostsee war frei von jeglicher Brandung und roch schlammig. Ich sagte kein Wort, und wir suchten weiter auf der ganzen Insel. Nach vierstündiger Recherche gingen wir essen. Die schwarzgraue Champignonsoße war eindeutig ein Restposten der IG Farben. Nachts schliefen wir im Auto auf einem Parkplatz, auf dem kurzgeschorene Jugendliche sich Schweinereien zuriefen. Am nächsten Morgen sind wir dann doch nach Hause gefahren. Und alles, alles war gut.

Feierabendverkehr

Sechs fauchende, dämmernde Silben bilden eins der fürchterlichsten Wörter im Deutschen. Siebzehn Buchstaben, zusammengeschoben zu einem Monstrum, aus dem noch das einstmals Schöne herausleuchtet wie aus dem Stau der Traum von Freiheit. Dieses Wort ist so lang wie das, was es meint, und heißt Feierabendverkehr.

Der Feierabendverkehr ist besonders beeindruckend, wenn man ihn nur gelegentlich erlebt und beispielsweise eine Stadt wie Hannover sonst für ein übersichtliches Pflaster hält. Was sie zwischen zehn und sechzehn Uhr wohl sein mag. Dann aber gewinnt man den Eindruck, daß der Stadt unmittelbar eine Katastrophe bevorsteht, vor der alle ins Umland fliehen müssen.

Abgesehen von Fußgängern, die nichts mehr zu verlieren haben und gleichgültig auf die Autoketten blicken. Oder ihre Flucht in einem der noch verbliebenen Regionalzüge antreten. Diese sind, entgegen allen Bemühungen der Bahn AG, um diese Zeit immer noch schneller am Ziel als die Teilnehmer des individuellen Feierabendverkehrs.

Unerfahrene murmeln, nachdem sie für zwei Ampeln auf der Ausfallstraße (noch so ein hintersinniges Wort!) zehn Minuten gebraucht haben, so etwas wie »Das gibt's doch nicht!« Eine Behauptung, die, philosophisch betrachtet, ins Unermeßliche führt. Und nur die Teilchenphysik weiß, warum Mobilität auf ihrem Höhepunkt in Stillstand umschlägt.

Ich biege ab zu einer anderen Ausfallstraße. Bei der euphorisierend freien Fahrt zwischen zugeparkten Bürgersteigen stelle ich einen lokalen Sender an und erfahre von Zehn-Kilometer-Staus am Hamburger Elbtunnel, während um Hannover alles klar zu sein scheint. Es liegt wohl daran, dass man die Zielgruppe nicht beunruhigen will.

Denn da taucht sie schon wieder auf, die Zielgruppe. Eine unbewegliche Doppelkette von Rücklichtern illuminiert bei sinkender Sonne die Ausfallstraße nach Westen. Zunächst unterhält man sich mit kleinen Spurwechseltriumphen, bis kurz vor der A37 zu erkennen ist, daß sich auch dort nichts bewegt. Bis auf die Anzeige im Antistau-Display über den Stehenden.

Sie können dort lesen, daß sie jetzt nur noch 80 fahren dürften. Weg hier, nach Nordwesten! Wieder Jagd durch Wohngebiete, Neid auf Handybesitzer. Aber ein Zwischenstopp an der Telefonzelle ist kein Wettbewerbsnachteil. Im Stau vor der A2 treffen wir uns wieder. Das Radio schwärmt immer noch vom Elbtunnelstau und wünscht zwischendurch einen schönen Feierabend.

Wir stehen jetzt schon im Weichbild, Kühe nicken zwischen Gewerbeklötzen ernst zu uns herüber. Ein Blick zurück zur Stadt erweist, dass dort in der vergangenen Stunde keine Katastrophe eingetreten ist. Plötzlich wird mir mild zumute. Geiseln reagieren manchmal so. Sie geben sich auf und sympathisieren mit dem Geiselnehmer.

Andächtig murmele ich das Wort. Feierabendverkehr.

Im Staub des Lebens

Angesichts der beim Durchzug der sächsischen Flutwelle aufgerissenen Hauswände, hinter denen vor ein paar Wochen vielleicht noch liebevoll tapeziert und geschmirgelt worden ist, fragt man sich schon, ob heimische Verschönerungsarbeiten sinnvoll sind. Selbst wer im Binnenland auf einem Hügel lebt, muss ja in den nächsten Jahrzehnten damit rechnen, sich auf einer Hallig wiederzufinden, die bei der ersten Springflut zur Sandbank geschliffen wird.

Doch all die düsteren, nassen Gedanken fliehen, wenn erstmal das Schleifpapier mit 40er Körnung auf den Exzenterschleifer geklettet ist und die Maschine aufheult. Jetzt gibt es nur noch diese alten Dielen und die Schönheit, die unter brauner Farbe und Dreck aus Jahrzehnten wartet, und die Kraft der Maschine, und die Ergebenheit, mit der man da kniet und den Staub inhaliert. Eine Lunge voller Sägemehl ist wahrscheinlich immer noch besser als neun Stunden Zigarettenrauch.

Und neun Stunden dauert er tatsächlich, der erste Schliff. Wenn man das vorher wüsste, finge man gar nicht erst an. Das ist wie in der Kunst. Thomas Mann wollte ja auch nur eine Erzählung schreiben, doch kaum war der Hobel angesetzt, die Erinnerungen freizulegen, zeichnete sich eine große Saga ab, und da kniete nun der Schriftsteller mit dem Exzenterschleifer der Wörter im Staub des Lebens und konnte nicht aufhören, ehe die »Buddenbrooks« in voller Größe vor ihm lagen.

Von den Bucheinkünften konnte er dann Handwerker bezahlen, die ihm, wo nötig, alle unliterarischen Schleifarbeiten abnahmen, was eigentlich nur den Nachteil hat, dass im Mannschen Œuvre eine angemessene Schilderung der Heimwerkerei vollkommen fehlt, wenngleich auch von keinem vermisst wird. So haben die andern Schreiber wenigstens noch eine Chance. Und können warnen. Denn das Gerät in ihrer Hand wird mit jedem Meter stärker als der Heimwerker selbst.

Er würde vielleicht nach einer Stunde gern mal Pause machen und eine rauchen, aber die Maschine schreit: »Schwächling! Siehst du nicht, dass nur noch zwei Meter bis zur Wand fehlen? Vor hundert Jahren wärst du noch nicht halb so weit gekommen!« Also gut. Frische Scheibe aufsetzen, wieder den Hebel bis zum Anschlag drücken, einrasten lassen, mit zitternden, halbtauben Händen das forstgrüne Gerät auf den braunen Belag pressen und zusehen, wie das goldene Holz von 1900 erscheint...

Ist das auch eine Art Geschichtsbewältigung? Die Ablagerungen der Zeit entfernen bis zu einer Schicht aus Tagen, die noch keinen elektrischen Exzenterschleifer und keine Klimakatastrophe kannten? In denen unverheiratete Mieter als »möblierte Herren« wohnten, ohne jeden Einfluss auf den Zustand der Dielen, und ihre Freundin nur im Park treffen durften? Wir schleifen uns hier eine zeitferne Idylle zurecht, den Dielenboden der Kaiserzeit im Licht von Freiheit und Halogen.

Tja, und wenn die Flut kommt? Werden wir sagen: »Bloß gut, dass wir nicht auch noch die Scheuerleisten geschliffen haben.« Die bleiben dunkel. Als Memento.

Finish Line Krytech?

Seit einiger Zeit liegt auf dem Zeitschriftenstapel im Sanitärbereich unserer Wohnung ein Versandhauskatalog. Vielleicht rezipiert man in der Klausur auf dem Klo solche Druckwerke aus der Werbewelt ja intensiver als sonst. Jedenfalls denke ich seit dieser Lektüre viel über eine besondere Form der Alpendurchquerung nach.

Auf hunderten von Seiten werden in dem Katalog Artikel für eine interessante Zielgruppe vorgestellt, die Globetrotter. Das sind offenbar Leute, die es auf Reisen gern unbequem haben und alles bei sich tragen, was andere im Hotel vorfinden, sogar Tische, die man zusammenrollen kann. Ihr Biotop heißt »Outdoor«.

Die besondere Denkart der Globetrotter erschließt sich daraus aber noch nicht. Ich begann sie erst auf Seite 192 zu ahnen beim Anblick eines kleinen Farbfotos. Darauf ist ein Mann in professionell anmutender Sportbekleidung zu sehen, mit Stirnband, der auf steinigem Hang ein Mountainbike geschultert hat und es mit gefaßter Miene auf den Betrachter zuträgt.

Unter dem Foto aber steht zu lesen: »Alpendurchquerung auf der Heckmair Route / Passo di Campo«. Und das ist das eigentlich Erstaunliche. Es gibt für passionierte Radwanderer offenbar einen Weg durch die Alpen, auf denen sie ihr Fahrrad tragen müssen. Und dieser Weg ist kein Irrweg, sondern eine so beliebte Route, dass sie einen Namen trägt.

Nämlich den von Heckmair. Vermutlich ein Alpenfreund, der sich fragte, wie man in der bequem erschlossenen Gebirgswelt doch noch auf Schwierigkeiten stoßen kann, ohne sich deswegen, was ja nicht mehr originell wäre, kopfüber in eine Steilwand zu hängen. Und so erfand er die »Heckmair Route«. Einen Radweg, auf dem man das Rad tragen muss.

Den kompletten Genuss hat der Globetrotter und Outdoormensch aber erst, wenn er vom gewöhnlichen Urlauber bestaunt und bewundert wird. Nun müssen Leute, die ohne Not ein Fahrrad über steinige Hänge tragen, damit rechnen, dass der Laie es zum Schreien komisch findet. Dagegen hilft nur eine professionelle Ausrüstung.

Der Biker bekleide sich mit »Windstopper Shirt« und »Ultimate Technifine Shorts«, ziehe »Bellwether Cycling Gloves« über die Hände und vergesse die »Four Seasons Knielinge« nicht, setze den »MET Crackerjack« aufs Haupt, poliere das Bike mit »Finish Line Krytech« und schultere es, um auf der »Heckmair Route« die für ihn einzig gültige Alpendurchquerung vorzunehmen.

Das alles habe ich mir bei weiteren Lektüresitzungen zusammengelesen und kann nun den Mann auf dem Bild mit andern Augen sehen. Seine bärtige Miene ist eigentlich die eines Mönchs, eines Mannes, der viel lernen und hingeben musste, um nun etwas zu tun, was nur seine Ordensbrüder verstehen. Und was ihn unnennbarer Momente teilhaftig werden lässt.

Er heckmaiert. Aber das ist nur die Vermutung eines Laien in Klausur, mit dem Katalog auf den Knien.

Verbrannt und rötlich und gelblich, mit trockenen Grünresten lag die berühmte Insel im niedergehenden Sonnenlicht unter der Einflugschleife und sah gar nicht gut aus. Als Touristen hätten wir sie natürlich doch schön gefunden und uns auf vielversprechende Buchten hingewiesen. Wir kamen aber zum Arbeiten, da guckt man gnadenloser.

Man zieht sich auch anders an. Wir fielen auf mit unseren langen Hosen und Instrumentenkästen in einem Flughafen, in dem selbst die Anreisenden schon weitgehend entblößt ihre Vorbräunung vorführen. Es waren tausende, und sie hatten alle schon etwas seltsam Entgrenztes, sie warfen fiebrige Blicke und bewegten sich aus der Hüfte heraus.

Zugleich wurde die Menge im gelben Kunstlicht durch Dutzende von Gepäcklaufbändern strukturiert, neben denen eine endlose Kette von Touristen mit Gepäckrollwagen dem Ausgang zurasselte wie in einem Supermarkt vor Weihnachten die Einkaufswagen zur Kasse. Draußen wurden sie dann auf der Insel verteilt wie gebucht.

Ein Bus fuhr uns tief ins Herz der Finsternis, zu einem »Resort« am Meer, das dort flach und brühwarm an der Uferpiste leckt. Zur Stunde unserer Ankunft waren alle beim Essen, in einer riesigen, lärmerfüllten Halle wurden Büffets abgegrast. Wer da zu lange zögerte, wurde gerammt, Hektik herrschte, um halb zehn wurden die Büffets geschlossen.

Dafür bezahlen die nun teuer Geld, dachten wir, um im nachtaktiven Spanien Speisefristen wie im Internat einhalten zu müssen! An langen Tischen saßen Familien mit erschöpften, braungegrillten Gesichtern, Kinder plärrten. Dann leerte sich die Halle, als habe jemand Fanfare geblasen, und wir fragten uns, ob jetzt alle in ihre eisig klimatisierten Zimmer verschwänden.

Doch bald erhob sich ein Getöse, und als wir ihm nachschlichen, fanden wir die Menge bei der Animation am Pool. Auf einer Bühne wackelten zwei als Hasen verkleidete Tänzer zu knatternden Rhythmen mit den Armen. Und alle, die da waren, taten es ihnen nach. »Das ist ja wie Planet der Affen«, flüsterte einer. »Noch viel besser«, erwiderte ich ergriffen. Fett stand der Mond über dem Kral.

Am Morgen waren rings um den Pool schon vorm Frühstück alle Liegen mit Handtüchern reviertechnisch gesichert, in der großen Halle wurden erneut Büffets geplündert, Tischgesellschaften bespähten einander, Deutsche, Dänen, Franzosen, Engländer. Wochenlang hier fixiert, tägliche Büffetschlacht und Animation als Höhepunkt, von kleinen Flirts abgesehen.

Nur diesmal kam etwas dazu. Hoch am Tag, der Pool schon dicht umlagert, die Wiesen des »Resorts« voller Halbnackter, schritt eine Prozession dunkel gewandeter Musiker zwischen den Tangas hindurch. Wir mussten zur Arbeit und hatten uns enttarnt. Wir durften am nächsten Tag schon wieder fort. Nie habe ich meinen Frack lieber getragen als unter der Sonne von Mallorca.

Tja, nu isser weg, und ich habe nicht mal gewinkt. Aber ihm auf die Brust geklopft, in der das stabile kleine Herz befestigt ist, dieses schnell und etwas laut schlagende, mit dem er mir schon ein halbes Jahr nach Beginn unserer Zusammenarbeit behördliche Anerkennung eintrug: »Sie überschritten die zulässige Höchstgeschwindigkeit von 50 km/h. Die gemessene Geschwindigkeit betrug abzüglich der Toleranz 72 km/h.« Das hat damals 136 Mark gekostet.

Aber es ging nicht anders, er war ein temperamentvoller Südländer und begriff nicht, dass man in gähnend leeren Dörfern nicht schneller fahren darf als die allerersten Eisenbahnen vor 160 Jahren, und da er auch ein empfindlicher Südländer war, wollte er schnell in seine Garage, um nicht im norddeutschen Regen zu leiden. Ich sage »war«, und dabei fährt er noch, ich sage »er«, und dabei ist es doch bloß ein kleines, hirnloses Auto. Aber auf 65 000 gemeinsamen Kilometern entsteht doch eine Neigung. Unfallfrei!

Das habe ich auch ins Inserat geschrieben, aber keiner wollte so ein kleines Auto mit der Kraft von lediglich 40 Pferden. Mainstream war er sowieso nicht. In Turin, ja, da fahren viele seinesgleichen; am Heiderand war mein Cinquecento ein Exot, hier müssen es Boliden sein, auch wenn sie hinter Treckern schleichen. Auf der Autobahn hat es uns immer Spaß gemacht, an Baustellen die Richtigmacher zu überholen (achwo, Herr Wachtmeister – hier ist alles frei erfunden!), die hinterher um so brüllender an uns vorbeizogen.

Einmal trafen wir einen seiner Brüder auf der A7, genau so marineblau, und blockierten abwechselnd die Überholspur mit unseren 140 km/h, schneller ging es nur bergab und mit Weinkisten drin. Genau acht Sechserkartons Wein passen hinten rein, wie maßgeschneidert, da merkt man den mediterranen Sinn für die wichtigen Dinge im Leben. Mein neues Auto hat zwar mehr Platz, aber da rutschen die Kisten hin und her. Ansonsten ist es sicherer. Im Cinquecento braucht man bei Seitenwind einen Segelschein.

Nach zwei Wochen meldete sich doch jemand. Ein Italiener, der damit Pizza durch Hannover fahren will. Aber als ich den Fiat vorm Besichtigungstermin noch mal kontrollierte, sprang er nicht an. Leere Batterie, das war noch nie passiert. Zum Aufladen musste ich eine lange Spazierfahrt machen, das war wohl der Sinn der Sache. So fuhren wir nochmal durch die Äcker im Spätsommerlicht, wie damals, als ich ihn einer melancholischen jungen Frau abkaufte, die von ihrem Mann etwas Größeres geschenkt bekommen hatte.

Ich habe jetzt nur noch ein Drittel von dem gekriegt, was ich damals bezahlte, denn der Italiener entdeckte einen Rostfleck und fand die Ventile zu laut, und italienische Autos, sagte er, hielten eh nicht lang. Wir feilschten fast eine Stunde, bis wir einig waren. Dann, wie gesagt, habe ich dem Fiat auf die Brust geklopft. Vielleicht sehn Sie ihn ja mal, wenn Sie Pizza essen. Ciao, Kleiner.

Manchmal lassen Leute ja gern durchschimmern, wen sie so alles kennen. Besonders Journalisten sind dafür anfällig. Sie waren mit Schröder beim Imbiss und mit Becker im Flugzeug, sie haben in Bayreuth mit Loriot geplaudert und in Boston mit Hilary und lassen bescheiden offen, ob der prägende Eindruck dieser Treffen ein beiderseitiger war, auch wenn sie über diesen Punkt ziemlich sicher sind. Jedenfalls bis zum nächsten Mal, wenn der weltberühmte gute Bekannte strahlend und grußlos an ihnen vorbeieilt... Dann sagen sie hinterher nur »der Boris war auch da« und dass übrigens die Promis alle nur mit Wasser kochen.

In diesen tristen Topf der Eitelkeiten will ich jetzt mal ein Kräutlein werfen, das ihn richtig aufschäumen lässt. Obacht: Ich kenne Lawrence von Arabien persönlich! Um ein paar Ecken jedenfalls. Dass er mich nicht kennt, liegt schlicht am Lauf der Zeit. Als er 1935 den tödlichen Motorradunfall hatte, waren nicht mal meine Eltern auf der Welt und auch nicht mein lebender Verbindungsmann in dieser Sache. Er ist Musiker und stand vor ein paar Jahren hinter einer Bühne, seinen Auftritt bei einer Gala erwartend, als er auf einem umgedrehten Putzeimer einen weiteren Musiker sitzen sah. Nämlich den Geiger Yehudi Menuhin, schon hochbetagt und ebenfalls seinen Auftritt erwartend.

Menuhin beteuerte, der Putzeimer sei ihm bequem genug, und man unterhielt sich freundlich. Nun kann ich nicht schon mit dem Hinweis Eindruck schinden, ich kennte jemanden, der noch mit Menuhin geplaudert hat. Die heißere Spur ergab sich beim Erwerb einer CD, deren Shellackvorlage Menuhin schon 1932 einspielte, und zwar unter der Leitung von Edward Elgar, der damals schon 75 war und das Geigenspiel des 16-jährigen Knaben liebte. Es gibt bis heute keine bessere Aufnahme von Elgars Violinkonzert. Bevor sie aber veröffentlicht wurde, hörte sich Sir Edward erstmal die Testabzüge an. Dazu lud er am 2. September 1932 ein paar Freunde in sein Haus in Worcester ein.

Vielleicht sind schon ein paar Leute beeindruckt, wenn ich sage, dass auch George Bernard Shaw unter den Zuhörern war, mit dem mich also über meinen Bekannten nebst Menuhin und Elgar nur vier Kontakte verbinden. Billiger Trick, kann jeder? Genau. Das ist ja das Schöne. Mit etwas Glück müssen Sie nur einen Passanten fragen und landen ein paar Sprünge weiter bei Mozarts Frisöse! Aber zurück zu Elgar. Bei ihm saß neben Shaw eben jener 44-jährige Abenteurer Thomas Edward Lawrence, der gerade ein Buch über seine arabischen Eskapaden verfasst hatte und nicht ahnte, was daraus noch werden sollte.

Ich fand es neulich als Taschenbuchausgabe von 1962. Darauf steht: »Soon to be a magnificient motion picture LAWRENCE OF ARABIA«. So kam es dann ja auch. Muss ich ihm bei Gelegenheit mal sagen… Und Sie? Mit Boris wieder Concorde geflogen? Schröders Hand und Hund gedrückt? Donnerwetter.

Nie habe ich so gewaltige Hintern gesehen wie die von Hanne und Falko. Blanke, schimmernde, geballte Kraft! Man fragt sich, warum der Mensch die Dampfmaschine erfinden musste, da es doch Pferde gibt. Drei Stunden lang sind diese Muskelpakete vor uns hergeschaukelt, ohne die geringste Erschöpfung haben sie die Kutsche durch die Landschaft gezogen, ohne einen Tropfen Benzin, wenn auch nicht ganz ohne Abgas. Manchmal furzen sie.

Von Design und Verbrauch her ist das Pferd bis heute unübertroffen, aber halt nicht schnell genug. Eine Kutschfahrt ist sogar das Altmodischste, was man unternehmen kann, noch altmodischer als Wandern, was ja noch als »Aktivurlaub« respektiert wird. Auf der Kutsche tut man nichts. Man lässt sich einfach nur durch die Gegend ziehen und braucht eine Weile, bis das Fortschrittsgehirn heruntergefahren ist.

Wer befürchtet, dass er nach diesem Herunterfahren nicht wieder auf Touren kommt, kann sich damit trösten, dass alle Daten seines zeitgenössischen Lebens auf seinem PC, bei seiner Bank, KFZ-Zulassungstelle, Finanzamt und 45 Versandkataloganbietern gespeichert sind, so dass selbst bei völliger Amnesie infolge einer Kutschpartie die Normalexistenz lückenlos wiederherstellbar ist.

Aber eigentlich wird beim Kutschefahren das Bewusstsein eher befreit als beschränkt. Man sitzt erhöht, sieht die Meeresoberfläche der Maisfelder, blickt über Zäune in Gärten hinab und durch Birken über Kartoffeläcker hinweg zum Horizont und fühlt, wie eine Zeit, die man so verstreichen lässt, nicht kleiner wird, sondern immer größer, bis man das 21. Jahrhundert verlässt. Das 18. Jahrhundert erreichten wir etwa etwa eine Stunde vom Dorf entfernt.

Auf grasigem Weg durch den Wald öffnete sich zur Linken ein Ausblick nach Westen, während zur Rechten ein bisschen Heidekraut einen idealen Picknickplatz umsäumte. Da begriff ich die Schäferidyllen der vorrevolutionär verwöhnten Herrschaften. Die wollten nicht, dass die Geschichte voranschreite und die Welt verändert würde. Die Welt war einfach da, um hübsche Ausflugsorte bereitzuhalten. Sie stand still.

Und als die Kutscherin aus ihrem Leben erzählte, änderte sich das nicht. Sie war in dieser Ecke geboren und hatte sie nie verlassen. Ihr Lebenslauf umfasste drei Dörfer, in einem war sie mit dem Jungen zur Schule gegangen, den sie später heiratete, das war's. Es war ihr genug, zu verfolgen, wer wen heiratete und wer wo baute, wie Eisenbahnlinien im Gras versanken und neue Straßen asphaltiert wurden und wie mal wieder der Sommer sich neigte.

Die Weltgeschichte hatte sie ein bisschen gestreift in Gestalt der Berliner, die bei ihr Pferde in Pension gaben das Jahr über. Vor der Wende hatte Berlin ja kein Umland mit Weidefläche. Nach der Wende blieben die Pensionspferde aus. Da fingen sie mit dem Kutschbetrieb an. »So iss das«, sagte sie. Dann guckten wir wieder auf die gewaltigen Hintern von Hanne und Falko, die uns in den Herbst zogen.

Heaoioo! Bapp-bapp-bapp-bapp...

Es war ein Samstagvormittag etwa um die Zeit, um die man zur Wochenendbeilage vordringt, als meine Mitbewohnerin feststellte, das Telefon sei tot. »Und das andere?« »Beide.« Es lag am ISDN-Modem. Sein grünes Auge leuchtete nicht, obwohl die Stromversorgung funktionierte. Ich spürte, wie ein vielversprechender Tag auf mir zu lasten begann.

Ich ging zu den Nachbarn hinter der Pferdeweide, rief von dort die Störungsstelle an und erklärte das Problem. Die Dame prüfte meine Nummer und erklärte, die Leitung sei frei, das Problem müsse beim ISDN-Modem liegen. »Das sagte ich ja«, sagte ich. »Das Modem hat keinen Strom. Beziehungsweise nimmt keinen. Ich brauche ein neues.«

»Das weiß ich aber nicht, ob unsere Fahrer sowas dabeihaben.« »Sie könnten es ja irgendwo beschaffen. Auf meinem Gerät ist Garantie.« »Seit wann haben Sie es?« »Seit vier Tagen. Das alte war kaputt.« »Ich gebs weiter. Sie werden zurückgerufen.« Das Gewicht des Tages lockerte sich.

Eine halbe Stunde später kam unsere Nachbarin mit einem Zettel. Ein Herr hatte sie angerufen und erklärt, unsere Leitung sei frei. Es müsse am Modem liegen. Ob wir noch Garantie hätten? »Wie kann ich den erreichen?« »Das hat er nicht gesagt«, sagte die Nachbarin und stellte wieder ihr Telefon zur Verfügung. Beim nächsten Mal hatte ich jemanden in Hamburg dran. Er verband mich mit Hannover.

Ich lauschte den Rhythmen in der Warteschleife. »Haioaio«, sang ein Chor, »heaoioo!« Es waren Minuten, in denen der Tag auf ein Gewicht von rund zwei Tonnen anschwoll. Dann knackte es. »Kundenservice...« Ich erklärte. »Sie brauchen ein neues Modem«, sagte der Mann, »haben

Sie noch Garantie?« Leider sei der Austauschteileversand am Wochenende nicht besetzt.

Aber ich könne das Modem im Laden austauschen. Wenn es nichts hülfe, sollte ich anrufen und nach ihm fragen, Herrn Ziegel. Dass er seinen Namen verriet, machte mich glücklich. »Machs dir ruhig bequem«, sagte die Nachbarin. Ich telefonierte weiter. Der Laden in Walsrode war zu. In Hannover erklärte man, das Modem gebe es gar nicht. In Bremen auch. Mit der Ergänzung, austauschen dürften sie eh nichts, dafür gebe es den Versand.

Dann versuchte ich Herrn Ziegel zu erreichen. »Haioao! Heaoioo! Bapp-bapp-bapp-bapp...« »Kundenservice...« »Herr Ziegel, sind Sie das?« Ich erzählte ihm von der letzten Stunde. Er sagte: »Das ist Scheiße, wenn ich das mal so sagen darf.« »Ich würde es ähnlich formulieren.« »Sie sind ein ungewöhnlich freundlicher Kunde. Am liebsten würde ich Ihnen das Gerät selbst bringen. Aber ich kann nicht.«

Na dann. Zurück zur Natur. Der Himmel über Norddeutschland war grau und unerbittlich und presste mich in den feuchten Boden. Durch den Äther schwirrten Botschaften, die mich nicht erreichen konnten. Eine Krähe schrie verzweifelt. Am Abend begann die Stille im Haus zu dröhnen. Seit heute morgen höre ich Stimmen. Sie singen. »Haioaio! Heaoioo! Hee Hee Hee...«

Prost Jahrmarkt!

Einmal im Jahr wird es wirklich unruhig im Dorf. Schon Tage vor dem Ereignis sieht man überall gelbe Umleitungsschilder, und die Straße nach Süden ist nur noch für Anlieger befahrbar. Hinterm Himbeeracker parken große weiße Lastwagen, und im Lokal an der Bundesstraße sitzen abends schweigsame, breitschultrige Männer und essen Jägerschnitzel. Sie haben gleich gegenüber der Kirche ein Kettenkarussell errichtet und beim Bäcker eine Bayernkurve. Es ist nicht irgendein Jahrmarkt, der hier vorbereitet wird. Es gibt ihn schon seit so vielen Jahren, wie das Dorf Einwohner hat, also etwas über 600, und zieht ein Vielfaches von Besuchern an, denn wer irgendeine Verbindung zum Dorf hat, fährt im Oktober hierher, sogar aus Frankreich oder Übersee.

Ein heiteres Fieber verbreitet sich spätestens am Tag zuvor, fast eine Vorahnung von Umsturz, denn da der Markt mitten in der Woche stattfindet und schon vormittags beginnt, bringt er den gewöhnlichen Arbeitsrhythmus schwer durcheinander. Der Markttag selbst beginnt in der Regel mit leichtem Regen, der bis mittags einer goldenen Herbstsonne weicht. Sie scheint dann durch die Fenster des Dorfgemeinschaftshauses auf lange mit weißem Papier gedeckte Tafeln, an denen Unmengen frischer Fleischwaren verzehrt werden – für wenig Geld kriegt man da einen Teller, der beliebig oft mit Knipp, Schweinebraten, Rotwurst, Leberwurst, Bratkartoffeln, Kartoffelsalat, Zwiebeln, Brot und Gurken behäuft werden darf, und das Bier kostet einen Euro.

Die Behaglichkeit, die sich da um Mittag ausbreitet, kann nur der im Auenland im »Herrn der Ringe« verglichen werden, und gelegentlich hat man sogar den Eindruck, es seien auch leibhaftige Hobbits dabei. Abends wandelt sich das Bild, dann mischen sich Gesandte aus aller Welt mit Leuten aus der Tiefebene. Ein Mann mit Siegfriedfrisur und Goldkette lädt zur Jagd auf Plastikenten ein, die in einem Bassin schwimmen, ein durchgeistigt wirkender Kölner verkauft Kräuterbonbons, eine Schwäbin bietet schleifenverzierte Arrangements aus Tierfutter an, mit denen man Hunde und Katzen bestechen kann, ein Mann aus Afrika hält einen Wandteppich mit dem Konterfei der »Böhsen Onkelz« feil, und Meter für Meter wird gezapft und gebraten, und das Gedränge ist enorm.

Wer hier wen kennt, kommt meist nicht weit und wird spätestens am zweiten Bierstand mit dem Ruf »Prost Jahrmarkt« von Bekannten an die Theke geholt, wo man sich gegenseitig so lange Biere ausgibt, bis es zur Verlangsamung des Trinktempos Zeit wird, an der jaulenden Bayernkurve vorbei zum einzigen Weinstand zu gehen. Dort trifft man den Pastor und den Arzt, kann sich endlich setzen und aus dieser sicheren Position heraus beobachten, wer wohl unter den Stehenden in diesem Jahr als erster derjenige ist, der sich plötzlich an einem Tisch festhalten muss und dann mit verklärtem Lächeln nach Hause schlingert.

Wenn wir erwachen, sind die gelben Schilder und die weißen Lastwagen schon fort. Es folgt milde, fast australische Ruhe. Und dann ist wirklich Herbst.

»Ahi! Gia mi discoloro!«

Jetzt mehren sich die Tage, an denen man vor die Tür tritt und sich fragt, ob die Wolken wirklich derartig nass und nah über den Bäumen hängen müssen. Den Städter wird so ein Satz natürlich befremden. Tritt er vor die Tür, steht er im Treppenhaus, Bäume sieht er auch nicht ohne weiteres. Ob der Ländler es aber wirklich besser hat?

Die Herbstmelancholie wird bei ihm nicht durch Verkehrslärm, neonhelle Geborgenheit der Angestelltenwelt und bequeme Erreichbarkeit von Wirtshäusern gemildert. Dafür kann der Ländler den ganzen Tag Madrigale der Spätrenaissance hören, ohne dass ein Nachbar an die Wand haut. Schaurig dringen ihre Klänge in den Garten, wo es nach Nebel riecht.

Wer hört schon den ganzen Tag Madrigale? Ach, was tut man nicht alles für eine Handvoll Euro! Die Gesänge sind kaum ermunternd, wenn man sie im Dutzend und im Herbst hört. Wahrscheinlich haben die Renaissancefürsten solche Madrigale bestellt, um überhaupt mal etwas Schatten in ihr Leben zu kriegen. Und selbst sie werden nie mehr als fünf Stück hintereinander gehört haben.

Das Dorf liegt still, nur der Kirchturmhahn quietscht einen diabolischen Tritonus. Endlich kommt der Postbote. Er bringt weitere Madrigalplatten. Wo ist nur die Sonne geblieben? Tatsächlich zeigt sie sich am nächsten Tag und verwöhnt das Dorf. Mildes Wetter, grüngoldene Farben, die Leute treten vor ihre Häuser. Binnen kurzem erhebt sich überall Getöse.

Hecken werden geschoren, Rasen werden gemäht. »Man muss doch die Sonne genießen«, erklärt die Nachbarin, während sie im Beet kniet und Unkraut zupft. »Ihr müsst auch mal eure Franzosen ausrupfen.« Franzosen? So heißt hier, wahrscheinlich seit der napoleonischen Besatzungszeit, ein Unkraut. »Erst mal den Rasen mähen«, erkläre ich pflichtbewusst. Da macht man sich nicht so dreckig.

Es hilft. Meter für Meter lichtet sich das melancholische Dunkelgrün, zerhackte Äpfel duften, im Gebrüll des Benzinmähers verfliegt die Chromatik der Madrigale. »Chè tormentato cor, può ben sentire la doglia del morire«? Herz und Schmerz sind kein Thema, wenn ein ganzes Dorf die Gartenmaschinen anschmeißt. Und auf den Äckern kreisen die Trekker.

Aber dann kommen wieder die Wolken. Am nächsten Tag liegen schon gelbe Blätter auf dem Rasen. Der Herbst ist nicht aufzuhalten. Was ja auch beruhigend ist, so durcheinander scheint das Weltklima doch noch nicht zu sein. Dafür der Benzinpreis. Wenn er weitersteigt, komme ich hier gar nicht mehr weg!

Wenigstens leisten mir die Katzen Gesellschaft. Sie wälzen sich vor den Lautsprechern und wollen was geboten kriegen. »Dann hört euch mal das hier an«, sagte ich grausam und lege eine von diesen Platten auf. »Ahi! Gia mi discoloro!« schreit der Chor, »schon entfärbe ich mich!« »Nein, jetzt reichts aber«, sage ich. Und gehe Kürbisse ernten.

Epochenblick im Herbstschnee

Wer zehntausend Jahre nach der letzten Eiszeit in die Lage kommt, an einem europäischen Herbsttag einen Schneespaziergang zu machen, der kann über die weißen Weiten bis über den Rand der Geschichte gucken. Man kriegt unter so raren Umständen leicht den Epochenblick und ahnt, was spätere Menschen sagen werden. »Zu Beginn des 21. Jahrhunderts«, werden sie in hundert Jahren schreiben, falls dann noch irgendwer schreibt, »machte sich der Klimawandel mit heißen Sommern und frühen Wintereinbrüchen in Europa bemerkbar.« Womöglich werden sie nostalgisch Dokumente der »Zero Years« betrachten.

»Da war vielleicht was los!«, könnten sie ächzen wie die, die sich heute in die Vergangenheit sehnen. Nicht nur die Aufnahmen von Bäumen im Oktober 2003, deren noch fast grünes Blätterdach sich unterm Schnee biegt, werden Künftige mit schaurigem Behagen erfüllen. Während ich ein paar frierenden Kühen tröstende Worte zurief und mir ein sarkastisches »Haltet die Ohren steif!« gerade noch verkniff, sah ich schon, wie anno 2103 unser Startjahrzehnt auf ein paar Katastrophen zusammengeschnurrt sein wird. Elfter September, Überschwemmungen, Rentenchaos, Raumfährenabsturz, Bush und Bohlen…

Genau denselben Tunnelblick werden sie auf unsere Jahre heften, wie wir es tun, wenn wir retrospektiv werden und die frühen Sechziger auf Beatles, Kennedy und Mauerbau reduzieren. Ähnlich platte Zeitgeschichtskulissen werden sie für ihre Historienspektakel errichten wie die jetzigen Filmregisseure, wenn sie das Wunder von Bern, das Ende der DDR, Stalingrad und wer weiß was nachbauen. Sie werden sich fragen, wie man es in so schweren Zeiten überhaupt aushalten konnte, und wahrscheinlich glauben, man zittere in unseren Tagen täglich unter der Drohung internationalen Terrors und atme verpestete Luft.

Nun, die Luft war an diesem Wintertag vorzüglich hier auf den Feldern. Der internationale Agrarterror der Gülleschwaden war bei der Kälte zum Erliegen gekommen. Ein paar Bullen auf der Weide neben den Kühen hielten sich mit Kampfspielen warm, und ich zitterte etwas bei dem Gedanken, sie könnten den Zaun niederrennen und mich ins Training einbeziehen. Eine Kastanie hatte das Wetter so kalt erwischt, dass sie sämtliche grüne Blätter zu einem Kreis hatte fallen lassen, der im Schnee lag wie eine Naturskulptur von Goldsworthy. Auch die Kürbisse vorm Haus machten sich gut im Weiß.

Künftige Epochen wird sowas nicht interessieren. Sie werden verweisen auf Flüchtlingsschiffe und Kriege, auf alle Grauenhaftigkeiten unserer Jahre. Sie werden vielleicht sogar scharf fragen, wie in so einer Epoche überhaupt jemand so unverfroren sein konnte, Schneespaziergänge im Oktober zu genießen. Ich könnte denen sagen: »Mit einem Mantel kein Problem.« Oder: »Einer musste es tun.« Oder: »Die Kühe waren dankbar für die kleine Abwechslung.« Aber ich werde denen gar nichts sagen. Einer Zukunft, bei der man sich für Spaziergänge entschuldigen muss, ziehe ich eine Herde Bullen vor, sogar ohne Zaun.

»Suchst du dir 'ne andere?«, fragte meine Mitbewohnerin lauernd. Abends auf der Küchenbank hatte sie die aufgeklappte Seite 53 einer überregionalen Zeitung entdeckt. Die Seite mit den Ehewünschen und Partnerschaften. »Ach was«, beruhigte ich sie, »ich wollte nur mal gucken, wie die Geschmäkker so sind.« »Red dich nur raus.«

Aber dann interessierte es sie auch. Ein »charmanter, seriöser Herr aus dem Ruhrgebiet« zum Beispiel. »Unser Klient verwaltet nur noch sein Vermögen«, las ich genüßlich vor. »Fünf eigene Wohnsitze, Rolls-Royce und Ferrari-Fahrer, Personal im Haus und Butler.« »Den will ich nicht«, nölte sie. »Aber er ist menschlich geblieben!«, sagte ich. »Hier, kulturelle Interessen: Bayreuth, Salzburg, Wiener Opernball!«

»Gib mal her. Jetzt such ich dir eine aus.« Zum Vorschlag kamen Hotelkauffrau, blonde Ärztin und mehrere »Damen aus Polen«. »Was ist denn diese Ärztin für eine?« »Supersexy, langhaarig«, las sie vor. »Aber sie sucht einen, der muss kultiviert, gefühlvoll, beruflich erfolgreich und sportlich sein.« »Trifft doch voll zu«, grunzte ich. Sie griff wortlos zum Wein und ließ sich das Blatt entreißen.

»Aha, die hast du unterschlagen!« Nämlich die Steuerberaterin, 44, ganz rechts auf der Seite. Ihre Formulierung »Ich stamme aus der Landwirtschaft« fand ich schon mal bewußtseinserweiternd, und ihr Versprechen, sie werde dem Bewerber eine knusprige Martinsgans auftischen, war hinreißend. »Ich glaube, die nehme ich.« Oder doch lieber die »Schloßprinzessin«?

Die konnte sechs Sprachen, würde die Jahreswende »in ihrem majestätischen Schloss« verbringen und liebte sportmäßig besonders »scuba diving«. »Was ist das?«, wollte sie wissen. »Keine Ahnung. Klingt wie eine exilkubanische Foltermethode.« »Schon durchgefallen.« Ein 43-Jähriger hatte gleich die Flucht nach vorn angetreten: »Keine Golferfahrung, trotzdem normal.«

»Das klingt doch nett. Ist er Förster?« »Das steht hier nicht.« Zum Glück waren überhaupt keine Förster im Angebot, ein Berufsstand, von dem sie schon immer geschwärmt hat. Dafür aber ein »großer Verehrer Schopenhauers«. Als solcher begeistere er sich für den Gegensatz zwischen »Mühe und Lohn, Mann und Frau.« »Hä? Hat Schopenhauer das gesagt?«

»Nicht dass ich wüsste. Der war doch immer bloß mit seinem Pudel zusammen.« Ich stand auf und schaltete das Radio ein. »Des Menschen Fleisch, es ist wie Gras«, sang gerade ein Chor über düsteren Harmonien. »Netter Augenarzt, 39, 183!«, rief sie. Ich drehte lauter. »Das Gras ist verdorret...« »Ein Mann wie ein Bär, erfolgreicher Unternehmer!« »...und die Blume abgefallen...«

Mir wurde schauerlich wohl. Brahms! Der hatte nie inseriert. »Und welche nimmst du nun?« fragte sie. »Die Steuerberaterin mit der Martinsgans.« Sie faltete das Blatt zusammen und legte es weg. »Gans gibt's hier auch.« Der Chor brauste immer herrlicher.

Die beiden Günt(h)ers

Unlängst konnte ich in der Nachbarschaft eine Parallelaktion beobachten, die tiefe Einblicke in die Verschiedenartigkeit der Menschen gewährt und in die Harmonie der Welt, in der jedem Extrem sein Gegenteil gegenüber steht. Bzw. wohnt. Nennen wir die beiden Männer mal den schnellen Günter und den langsamen Günther. Sie wohnen mit ihren Familien nebeneinander, sind beide sehr mager und arbeiten grundsätzlich allein. Hilfe aus dem Dorf lehnen sie ab. Und die letzte Gemeinsamkeit: Beide beschlossen, ihre Einfahrten zu pflastern.

Der langsame Günther hatte viel früher mit seinem Projekt begonnen, es muss kurz nach Ostern gewesen sein, als die Klinkerstapel vor sein Haus gestellt wurden. Aber der schnelle Günter schob mit seinen zähen, mageren Armen schon den Rüttler über den Sand, als sein Nachbar noch sinnend auf eine Schaufel gestützt stand. Da waren dessen Stapel längst ein Denkmal der Langsamkeit geworden, denn er musste zuerst noch die Zaunlackierung beenden, die er im Vorjahr begonnen hatte. Es handelte sich zwar nur noch um zehn Latten, aber jeder weiß, dass Wiederanfangen schwieriger als Anfangen ist.

Wenn ich vorbeispazierte, sah ich ihn zuweilen mit einen Pinsel da hocken in eher versonnener Haltung, wie einen fernöstlichen Philosophen, der nichts erzwingen will, der einen Sinn auch im Andeuten sieht, der dem Holz lauscht, bis es sagt: Ja, wenn du möchtest, streich mich an. Eines Tages hatte der Zaun offenbar gesprochen, und der langsame Günther wurde fertig und begann nun in einer Energieaufwallung, auch gleich das Erdreich umzuwühlen für seine Klinker. Er steckte aber erstmal nur ein paar Wegleuchten hinein zur Illuminierung der geplanten Einfahrt und war dann über Wochen nicht zu sehen.

Der schnelle Günter indessen begann eines Tages an seiner Einfahrt zu arbeiten, als hätte jemand einen Schalter umgelegt. Er brauchte etwa einen Tag zum Ausheben, einen für den Sand, zwei für die Steine, und nie sah er aus, als koste ihn das einen Tropfen Schweiß. Schweigsam und zielstrebig legte er die Klinker, die erst kamen, als er sie brauchte. Als er fast fertig war, sah ich seinen Nachbarn, der mit einem Stein in der Hand langsam durch seine umgewühlte Einfahrt ging und vielleicht überlegte, an welche Stelle dieser eine spezielle Stein eines Tages mal passen könnte.

Er muss zu dem Schluss gekommen sein, dass er zu viele Steine bestellt hatte, denn als nächstes grub er weitere Teile seines Gartens auf, zwischendurch versonnen zum Horizont blickend, vor dessen Weite solche Projekte naturgemäß an Bedeutung verlieren. Nebenan gab es mittlerweile nichts mehr zu sehen als eine perfekt gepflasterte Einfahrt. War da je anderes gewesen? Konnte man sich überhaupt an so etwas wie eine Baustelle erinnern? Um so neugieriger besah man die Zeitlupenzone nebenan: Das konnte ja noch ewig dauern!

Das muss auch so sein, sonst gerät die Welt aus dem Lot. Der langsame Günther hat jetzt Planen besorgt, damit seine Klinkerstapel den Winter überstehen.

Biorhythmische Störungen

Der Wecker piepte, und draussen war es dunkel. Das ist normal, wenn man Kühe melken muss. Warum es auch normal ist, wenn man Fensterrahmen streicht, weiß ich nicht, aber der Maler hatte darauf bestanden, um halb acht mit der Arbeit zu beginnen. Er wirkte frisch und tatendurstig, während ich noch gar nicht bei Bewusstsein war.

Nach einem Topf Kaffee konnte ich immerhin schon Zeitung lesen, aber einige Sachen verstand ich noch nicht und griff einstweilen zu einer herausgefallenen Werbebroschüre. Darauf spähten zwei dunkle Manageraugen aus einem Schlitz. Unter ihnen stand, dass es Zeit werde, die Weichen für die Zukunft zu stellen.

Es ging um Topleute und den Weg nach oben und was darüber alles in dem beworbenen Magazin zu erfahren sei. Zwischen den Augen des Managers befand sich eine breite, poröse, glänzende und leicht behaarte Nasenwurzel. Vielleicht hatten die Werbeleute versehentlich einen Gorilla fotografiert, aber das stand der Botschaft nicht im Wege.

Wer heute überleben will, muss jede Chance nutzen, denn überall hocken im Dunkel der Welt diese Nadelstreifengorillas, um ahnungslose Spätaufsteher wie mich mit unglaublichen Methoden niederzumachen. Ich begann mich unbehaglich zu fühlen, wie ich da in der Küche saß, während der Maler schon zwei Flurfenster fertig hatte.

Und ich beschloss, mal etwas früher mit der Arbeit zu beginnen. Flexibel sein! Dieser Tag würde mich zu einer ungeahnten Effektivität führen! Es traf sich gut, dass im Arbeitszimmer schon eine Liste bereitlag, die ich am Vortag aufgestellt hatte, gefüllt mit allem, was so zu tun wäre.

Aber es ist immer ein Problem, wenn man auswählen darf. Keiner der Punkte auf der Liste gefiel mir richtig gut. Ich sah aus dem Fenster in die Dämmerung und sann auf andere Punkte. Auch hätte ich es schick gefunden, jetzt einen geschäftlichen Anruf zu bekommen und gleich dran zu sein.

Aber das Telefon schlief noch, und als ich einmal in den Hörer lauschte, schien es sogar zu schnarchen. Der Maler werkelte bereits im Nebenzimmer. Ich fing an, zunächst mal die Briefe aufzusetzen und Faxe zu verschicken, die überhaupt nicht dringend waren. Am liebsten hätte ich auf Vorrat Silvestergrüße geschrieben.

Währenddessen erhob sich draußen die Sonne in einem grau verklebten Rostrot. Ich stocherte weiter in der Liste und wartete auf das volle Erwachen meines Bewußtseins. Um schon mal Klarheit zu schaffen, machte ich im Kalender übertrieben kräftige Unterstreichungen. Als ich wieder aufsah, war es mittag, und der Maler wollte in mein Zimmer.

»Dann muss ich wohl mal Pause machen«, sagte ich und setzte mich wieder an den Küchentisch. Dort sah ich einer Fliege zu, die die ersten kühlen Tage überlebt hatte und begann, an einer Zigarettenschachtel hochzuklettern. Sie schaffte es bis zur Kante, fiel dann auf den Rücken und verschied.

Ich habe an diesem Tag von weiteren Anstrengungen abgesehen.

Mit Dante durch die Äcker

Jahrelang habe ich Leute um die 40 in Jogginganzügen bejammernswert gefunden. Zugleich habe ich geglaubt, in diesem Alter werde das Leben besonders abgründig, nur weil Dante seinen Abstieg in die Hölle mit dem Hinweis beginnt, er habe sich in der Mitte seines Lebens in einem dunklen Wald verirrt.

Und was in aller Welt haben Dante und die Jogger miteinander zu tun? Das ist eine Frage, die nur umständlich beantwortet werden kann. Ich habe aus etwa auf Hüfthöhe liegenden Gründen mit dem Laufen begonnen. Bei Winteranbruch sah ich mich genötigt, gegen die über die Äcker streichenden eisigen Winde einen Jogginganzug anzulegen.

Natürlich keinen schlabbrigen in Türkis, wie er gern zum Bierholen an Tankstellen getragen wird, sondern einen, der in Schnitt und Farbe eher zu durchtrainierten Agenten in James-Bond-Filmen passt. Man tut gut daran, beim Laufen den Bauch einzuziehen, wenn jemand guckt. Meistens gukken aber nur Kühe.

Und während ich so über die Feldwege keuche, fällt mir ein, dass ich nicht nur mit dem Strampelanzug früheren Überzeugungen untreu geworden bin. Wir haben jetzt auch ein Sofa vor dem Fernsehgerät, über dem Sofa hängen lauter hübsch gerahmte Bildchen, und daneben steht ein Couchtisch, wenn auch selbstgebastelt. Ein Couchtisch!

Alles in allem lebe ich so wie die Um-die-Vierzigjährigen, auf die ich als Siebzehnjähriger und auch später mit Entsetzen blickte. Diese Behaglichkeit! Diese Couchecken! Diese geschmückten Heime und verhohlenen Bäuche, diese Angst vor Aufbrüchen! Und nun hängen die Jugendzeichnungen aus jener kühnen Zeit gerahmt überm Sofa.

Ich stehe auch voll zu alledem, zu den Jugendzeichnungen wie zu deren Einrahmung, doch, ja. Nicht so verdruckst wie der Aussenminister mit seinen Pflastersteinen. Aber ich frage mich schon, warum Dante vor 700 Jahren ausgerechnet in meinem Alter anfing, über die Hölle zu schreiben. Um anschließend auch noch Fegefeuer und Paradies zu durchdichten.

Unter solchen Fragen keuchte ich neulich die Straße entlang, als auf der anderen Seite zwei Kinder stehen blieben, Erstklässler auf dem Heimweg, und fassungslos zu mir herüberstarrten. James Bond persönlich, in einem Helikopter auf dem Acker aufsetzend, hätte sie nicht stärker faszinieren können. Vielleicht dachten sie, ich sei auf der Flucht. Oder arbeitslos.

Jedenfalls machte mich ihr Staunen stolz, und ich fand endlich die Verbindung zwischen Dante und mir. Rannte ich nicht auch längst durch den dunklen Wald des Lebens mit all seinen Widersprüchen? Stellte ich mir nicht auch Fragen nach Woher und Wohin? Und musste man nicht in Topform sein, um sich dem großen, abgründigen Werk zu stellen?

Jetzt ist nur noch die Frage, was für ein Werk das wohl sein soll. Es stimmt, das Sofazimmer müsste mal gestrichen werden. Aber für diese Aufgabe fehlen mir noch die Kräfte. Ich werde wohl noch ein Weile laufen müssen.

Piatigorsky

Irgendwann kommt bei Festen, die sich besonders tief in die Nacht hinein erstrecken, der Moment, in dem jemand auf die Musik aufmerksam wird. Seit Stunden schon lärmen gedämpft CDs vor sich hin, oben unterm Dach, aber jetzt erst, der harte Kern sitzt unten in der Küche und verkostet Brände, kommt die Frage: »Was ist das?«

»Piatigorsky«, sage ich.

Und spüre, dass es damit nicht getan ist. Um diese Zeit wird die Frage nach der Musik nicht aus höflichem Interesse gestellt. Sie hat etwas auf letzte Dinge Zielendes, Insistierendes, ja sogar Lauerndes: Als entlarve der Gastgeber gleich sich selbst durch die Klänge, als eigne nun dem Hörsinn der Gäste jene eigentümliche Präzision, mit der sie sich Birnenbrand nachschenken.

Die Töne plätschern nicht mehr vorbei wie zuvor. Sie stehen als Aussagen im Raum. »Diii-didldádldi-didldidádldida-ba-diii-da...« Jetzt muss ich dazu stehen. »Piatigorsky?«, fragt einer bedächtig. »Ja, mit dem Saint-Saëns-Konzert. Ich glaube aus den 50ern.« Eine Weile vergeht, in der man sich hochkonzentriert über die Bezugsquelle des Birnenbrands austauscht.

»Saint-Saëns«, sagt dann der Pianist, »ist der nicht vom Fahrrad gefallen?« »Das war Chausson. Genickbruch.« »Tragisch.« Piatigorsky erreicht gerade die Stelle mit den drängenden Repetitionen, allerdings nicht zum ersten Mal, Saint-Saëns baut sie öfter ein. »Wer spielt da?«, fragt plötzlich, wie aus Träumen erwachend, meine Freundin und starrt mich an, an wäre ich ein nebelüberwalltes Hochmoor.

»Piatigorsky«, sage ich matt. Der Pianist lächelt durchtrieben: »Also irgendwie klingen diese Cellokonzerte doch alle nach Konservatorium. Wahrscheinlich sind sie auch dafür geschrieben. Ich rieche Bohnerwachs, wenn ich das höre.« »Jetzt, wo du es sagst...« Ich höre es auch. Bohnerwachs,

Angstschweiß, Hierarchien. »Von wem ist das?«, fragt der Astrologe unergründlich. Ich: »Saint-Saëns.«

»Dieser Saint-Saëns macht doch immer dasselbe,« meint der Pianist. »Diii-didldádldi-didldidádldida-ba-diii-da...da, schon wieder!« »Und das ist jetzt von Piatigorsky?«, gähnt meine Freundin. »Nein, mit Piatigorsky. Von...« Rembrandt, erwäge ich noch, aber mit völlig korrekter Aussprache meldet sich jäh der Brandschutzexperte: »Saint-Saëns!«

Während er daraufhin wie zur Belohnung sein Glas neu füllt, lacht neben ihm der Astrologe stumm vor sich hin und wirft mir einen tröstenden Seitenblick zu. Das war doch immer meine Lieblingsplatte! Wohin verwehte das stürmische Glück des Camille Saint-Saëns? Konservatoriumsmusik! Aber die Platte läuft und läuft. Ist das überhaupt noch...

»Diii-didldádldi-didldidádldida-ba-diii-da...« »Das kenne ich!«, sagt entschieden meine Freundin. Die Nebel überm Hochmoor wallen immer dichter, von fern meint man die Rufe ausgestorbener Tierarten zu hören. Die Welt offenbart eine Tiefe, der kein Cellist gewachsen ist. Andererseits... Der Brandschutzexperte hält mir die Birnenbrandflasche hin. Ja. Gern.

Sehr geehrter Herr Direktor!

Zu meinem Geburtstag bekam ich überraschend Post von Ihnen bzw. dem von Ihnen geleiteten Hotel; ein Schreiben, in dem Sie schmeichelhafterweise feststellten, dass ich an diesem »besonderen« Tag »selbstverständlich im Mittelpunkt« stünde, um mir dann allerlei persönliche Fragen zu stellen. »Was erwarten Sie vom nächsten Jahr?«, heißt es da etwa, und, schon persönlicher: »Welche Pläne haben Sie?« Und schließlich: »Überlegen Sie, ob sich einiges in Ihrem Leben verändern sollte?« Donnerwetter!

Dafür, dass wir uns gar nicht persönlich kennen, gehen Sie ganz schön scharf ran. Zuerst habe ich gedacht, es ist halt Reklame, die haben meine Daten und nutzen sie wie die aller Gäste, um gezielt für das Angebot »Doppelzimmer EUR 79,00« zu werben, das soll wohl etwas persönlicher wirken. Etwas? Herr Direktor, Ihre Fragen, wie überhaupt die Sätze einer wachsenden Flut von Reklameschreiben, sind so persönlich formuliert, dass ich sie mit einer Gegenfrage beantworte: Wissen Sie eigentlich, was Sie sich da anmaßen?

Meine Erwartungen an das nächste Jahr halte ich noch strenger bedeckt als meine Leibwäsche, vom Bauch mal ganz zu schweigen! Oder wollen Sie einfach nur wissen, ob ich nächstes Jahr noch genug Kohle mache, um mir in Ihrem Hotel wenigstens ein Sonderangebot leisten zu können? Glauben Sie, nur weil in den TV-Talkshows Scharen von Deppen persönliche Bekenntnisse ausschwitzen, stünden die Privatsphäre und ihr Vokabular jetzt allgemein im Belieben der Gewinnorientierung?

Ich weiß, es war nett gemeint. Ich kann mir das Wochenendseminar lebhaft vorstellen, auf dem irgendein Trendscout

Ihrer Marketingabteilung eingetrichtert hat, dass Gäste diese persönliche Ansprache lieben, dass sie sich wichtig fühlen möchten, umsorgt, respektiert. Das mit dem Respekt ist richtig. Aber er begänne besser in dem Moment, in dem der anreisende Gast Ihres Hotels nicht sofort die Kreditkarte zükken und vorweg bezahlen müsste wie ein potentieller Hochstapler, als der er ohne Kreditkarte erst recht behandelt wird.

Doch, es gibt noch Hotels, in denen man hinterher zahlt! Das sind auch die, in denen nicht beim Ankommen im Zimmer schon der Fernseher läuft und der Bildtext den Gast mit Namen begrüßt – glauben Sie wirklich, dass dieser Softwarequatsch menschliche Wärme ersetzt? Kurz, ich fühle mich wenig respektiert von Leuten, die mich für blöd genug halten, mich von Vertraulichkeitsimitaten geschmeichelt zu fühlen; die Begriffe menschlicher Nähe zu Köderfloskeln plattschlagen, bis sie nichts mehr wert sind.

Herr Direktor, wie fühlen Sie sich? Möchten Sie etwas ändern in Ihrem Leben? Das geht mich nichts an? Finde ich auch. Übrigens, ganz unter uns, ich stand gar nicht sehr im Mittelpunkt an meinem Geburtstag. Ich war ziemlich daneben vom Reinfeiern. Aber jetzt geht's mir besser. Schöne Grüße, Ihr Volker Hagedorn

Münzen im Kunstschnee

Im Hauptbahnhof wurde zum Winter eine Modelleisenbahn aufgestellt, mit der es besondere Bewandnis hat. Sie ist größer als die üblichen Modellbahnen, fast kann man die Augen der kleinen Reisenden sehen. Sie stellt eine Winterlandschaft vor. Und überall im Kunstschnee funkeln Münzen, die Passanten über die Plexiglaswand hineingeworfen haben.

Das kennt man sonst von legendenträchtigen Attraktionen wie dem Berninibrunnen in Rom oder den Krippen, die auf deutschen Weihnachtsmärkten errichtet werden.Dort wird beim Münzenopfern ein bißchen Materialismus eingetauscht für ein bisschen Transzendenz. Aber eine Modelleisenbahn? Es gibt nichts Transzendenteres. Erst recht mit Schnee und heutzutage.

Mitten im Zeitalter visueller Effekte, Surroundsounds und Erlebnisparks, elektrischer Hunde und Tamagotchis und Pokemons stehen da Leute jeden Alters und drücken sich vernarrt die Nasen platt, um ein paar Züge durch ein paar Tunnels fahren zu sehen, während neben den Gleisen kleine, im Winken erstarrte Wintersportler stehen oder droben von der Burg ins Land spähen.

Das Design der Züge, Häuser und Requisiten weist in jene fünfziger Jahre, die heute schon vielen so entrückt sind, wie es vor fünfzig Jahren das 19. Jahrhundert war. Das ist schon mal märchenhaft. Und dann der Schnee! Es gibt ihn, und er bleibt liegen, Woche für Woche, traulich und harmonisierend.

Über allem hallen die Ansagen für reale Züge, mit denen wir gleich in den echten Winter rollen könnten – wenn es einer wäre. Es schneit kaum noch in Mitteleuropa. Und die Züge dampfen auch nicht mehr tapfer um die Welt. Sie sehen aus wie Flugzeuge und rauschen fern der lauschigen Täler und Höhen, in denen die Nebenstrecken verrosten.

Wir blicken auf das kleine Gleisidyll wie auf ein verlorenes Paradies, mit dem uns nur verbindet, dass hier wie dort reale Räder auf Schienen rollen. Obwohl es bis zur letzten Flocke künstlich ist, scheinen Natur und Mensch noch versöhnt zu sein, und die Unschuld bleibt weiß, während die Züge sie leise schnarrend durchfahren.

Der Mythos der Unschuld ist vielleicht auch, was Krippenfiguren und Brunnenwasser und Winterbahn verbindet und Reisende Münzen opfern lässt, die sie den Bettlern vorenthalten. Da stehen sie und spähen auf die kleinen Züge und stellen sich vor, wie es wäre, wenn man da auf dem Waggonbalkönchen stünde und die heile Welt durchführe.

Immer im Kreis. Hilflos wäre man, wenn eines Tages eine große Hand von oben käme, die Züge vom Geleise nähme und alles in Kisten stopfte. Uns aber kann nichts geschehen, solange wir am Schaukasten stehen, die Realität im Rücken und vor uns eine schnarrende kleine Ewigkeit. Manche stehen da lange.

Ausschmückung der Kampfzone

Das Wort Lametta, um zunächst grundsätzliche Sachverhalte zu klären, kommt auf Umwegen mal wieder von den alten Römern, die blattdünnes Holz oder Metall als »lamina« bezeichneten, die entsetzliche Erfindung der Laminatböden aber den Barbaren und ihren Baumärkten überließen. Auch das Lametta haben sie sicher nicht entwickelt.

Warum sollten Menschen, die unter Pinien und Zypressen wandeln und Sinn für Schönheit haben, so lange Metall plattschlagen, bis man es in Streifen schneiden und um dunkle, transalpine Nadelbäume wickeln kann? Das taten erst Barbaren, sie tun es bis heute, es ist ihnen auch gar nicht peinlich und natürlich ihr gutes Recht. Schön ist was anderes.

»Bei dir piepts wohl«, erklärt meine Mitbewohnerin, »Lametta IST schön.« Wir haben nämlich den folgenreichen Fehler gemacht, erstmals einen Weihnachtsbaum bei uns aufrichten zu wollen, anstatt nur bei auswärtigen Familienfesten in Grün und Kerzen zu gucken. Beide Clans, ihrer und meiner, sollen sehen, dass wir festlich autark sein können.

Beide Clans vertreten aber auch grundsätzlich verschiedene ästhetische Postionen, was das Schmücken von Nadelbäumen angeht. Mir ist nun mal prägend vermittelt worden, dass Lametta nicht zu Hausmusik und Bücherwand passt, sondern eher zu Farbfernseher und Heinoplatte und dem Untergang des Abendlandes in Vulgarität. Während die Römer, wie gesagt...

»Aber wir«, sagt sie, »haben Bachmotetten gesungen, MIT Lametta!« »Bach hat Lametta gehasst. Falls es damals in der Zone überhaupt welches gab.« »Jedenfalls kommt welches dran. Sonst können wir's gleich lassen. Übrigens haben wir einen Farbfernseher und sogar eine Heinoplatte im Haus.« Also schön. Schmücken wir den Baum eben zur Hälfte mit dem Zeug.

»Dann besorg aber auch das richtige«, sagt sie und blättert in einem dekadenten Versandhauskatalog. Lametta aus

Kupferdraht, mit echtem Silber überzogen, Tiroler Handarbeit, 17 Mark pro 50-Gramm-Tüte. »Wahnsinn«, finde ich, »dann müssen wir auch gleich den Baumständer für 395 Mark dazubestellen!« So ein Baumständer sei nicht nötig, erfahre ich.

Der Baum gehöre traditionell in einen Eimer Sand mit einem Eimer Löschwasser daneben. »Aber hörmal, wie sieht das AUS!« Außerdem möchte sie eine Baumspitze, und Kekse sollen an den Ästen hängen. »Kekse hatten wir auch immer«, bekenne ich, »und Engelchen. Aber die können wir gern weglassen.« Der familienideologische Graben scheint schmaler zu werden.

Die Montagues und die Capulets stecken die Schwerter weg. Jetzt ist noch die Frage, wer den Baum besorgt. »Aber einen kleinen«, meine ich, »mehr so symbolisch, oder?« »Also bei UNS...« »Ich weiss ja nicht, ob man hier im Dorf eine schöne Tanne kriegt.« »Wieso Tanne«, meint sie beiläufig, die Lamettabestellnummer aus dem Katalog notierend, »wir nehmen doch wohl Fichte.«

Der Raucher als bedrohte Tierart

»Guck dir das an«, sagte ich, während wir durch den Vorort fuhren, »es ist doch ein Skandal!« »Was denn?« »Die Raucher da. Auf dem Balkon.« Die Silhouetten der beiden rauchenden Männer in der eisigen Nacht zeichneten sich deutlich vorm traulichen Licht aus dem Wohnzimmer ab. Rauchschwaden standen über ihnen wie gefroren. »Skandalös finde ich«, erklärte ich meiner seit mehr als drei Jahren rauchfreien Freundin, »dass dieser Anblick schon normal ist. Dass Gäste zum Rauchen rausgeschickt werden.« »Du könntest es dir doch abgewöhnen…«

Natürlich war das Haus der Freunde, die uns eingeladen hatten, ein Nichtraucherhaus. Es roch nach frischem Teppichboden. Eine wunderbare Tafel war gedeckt. »Für Raucher«, sagte ich unterwürfig, »geht's hier wahrscheinlich zur Terrasse?« »Genau«, sagte die Gastgeberin erfreut, »ich kann Dir sogar'n Aschenbecher mitgeben. Nur die Stühle haben wir noch im Keller.« »Das macht gar nichts!« Ich hatte nicht vor, mich bei fünf Grad Minus in einem Gartenstuhl zu räkeln. Ich bestaunte nur den unfreiwilligen Zynismus der Nichtraucher.

Er wird, zugegeben, noch übertroffen durch die Penetranz der Raucher. Sie würzen die Luft, die jeder atmen muss, mit Aromen, die nicht jeden bezaubern. Aber wir würden, wenn man uns ließe, uns beschränken. Wie in den Lokalen, wo (hierzulande) noch Eintracht herrscht und nur Zigarren verboten sind. Wir hätten vielleicht sogar Spaß daran, aus freier Entscheidung nicht zu rauchen – so wie in einer DDR ohne Mauer ja auch nicht jeder ständig nach Paris gereist wäre. Es gab die Mauer aber, und das war eine Demütigung.

Die Nichtrauchermauer ist ungefähr seit dem Fall der Berliner Mauer so richtig hochgezogen und dichtgemacht worden. Seit dieser Zeit starben auf dem Ex-DDR-Gelände 10000 Menschen mehr bei Verkehrsunfällen als im gleichen Zeitraum vorher. Weltweit kommen 850000 Menschen im Jahr tödlich unter die Räder, 3,5 Millionen werden verletzt. Das Ozonloch über der Antarktis ist 28 Millionen Quadratkilometer groß, Dieselruß und andere Autogifte haben in Ballungsgebieten das Krebsrisiko verfünffacht. Aber wer stört, sind die Raucher.

Es ist, als sollten sie die Sünden der Welt tragen. Als ich bei Tisch freimütig meinen Zigarettenkonsum bezifferte, reagierte eine von Diäten gezeichnete Mittdreißigerin, als hätte ich ihr eine Schaufel Teer auf den Teller gekippt. »Das kannst du nicht machen! Das musst du ändern!« sagte sie. Wie wenn ich ihr gesagt hätte: »Du brauchst dringend mehr Fleisch auf den Rippen!« Wir kannten uns kaum, aber sie behandelte mich wie einen bösen kleinen Jungen. Raucher werden nicht als Individuen wahrgenommen. Wir sind Sündenböcke.

Und so stand ich mal wieder frierend im Mondlicht und erfüllte meine große gesellschaftliche Aufgabe. Schmeckte nicht. Schmeckte wirklich eklig. Aber aufhören? Nicht unter solchen Bedingungen.

Ruhige See auf der A7

Ab und zu behaupten blauweiße Schilder, es befänden sich Ortschaften in der Nähe. Tagsüber stimmt es wohl. Doch wer die Autobahn bei Nacht befährt, der weiß, dass diese Schilder nur hilflose kleine Erinnerungen sind, die wie Bojen im Ozean der Dunkelheit schwanken. So maritime Metaphern kommen von selbst in dieser ungeheuren Leere, Weite und Ungewißheit, durch die sich vereinzelte Lichterpaare schrauben. Warum diese behutsamen Überholmanöver zwischen Fahrern, die sich am Tage noch bis aufs Blut bekämpften? Ist es nicht, als würden da bedächtig Ruder eingeschlagen, als seien wir Brüder im Banne des Ungewissen? Nachts in der Tiefebene, während ein strammer Westwind in der Takelage pfeift, begreift man wieder, wo man ist.

Nur scheinbar auf dem Weg nach Hause. In Wahrheit wieder auf den Wogen, aus denen das Leben einst an Land kroch und Mensch wurde, um Autobahnen zu bauen. Der Mond scheint aus dem Gewölk so kalt und fern, und östlich blinken schwach die Lampen einer Ortschaft, es könnte auch ein Elmsfeuer sein. Während der einsame Fahrer sich den Rückleuchten einsamer Dreißigtonner nähert, denkt er an das alte Wort vom »Kapitän der Straße« und spürt Bewunderung für die Männer auf ihren Kommandobrücken: Weit entfernt von Weib und Kind, den Blick Stunde um Stunde fest nach vorn gerichtet.

Manchmal schwanken ihre großen Pötte, und es scheint, daß unvermutet Seegang sie erfasste. Zwar haben wir festen Boden unter den Rädern – aber was ist unter dem Asphalt? Geröll der Eiszeit, und darunter die salzigen Reste eines großen Meeres, man darf gar nicht zu sehr dran denken. Wie gut, daß wir noch Funkkontakt haben mit den Radiostationen an nahen und fernen Küsten. Die Nachrichten vermelden, es habe in mehreren Weltteilen Erdbeben gegeben.

Das muß einem in Norddeutschland nicht viel zu denken geben? Aber wenn genug Erdbeben zusammenkommen, wird die Nordsee auch wieder ihren Weg zur Autobahn finden. Dann sollten wir vorbereitet sein und nach Mitternacht den Seewetterbericht gehört haben. Gerade für einen Laien birgt er die Unermeßlichkeit, denn die Ziffernfolgen sind nahezu unbegreiflich, Formulierungen wie »leicht umlaufend« grenzen ans Traumhafte.

Und wer zwischen Ortsangaben wie »Skagerrak« und »Lofoten« mit 76 Knoten gen Norden tuckert, vernimmt nicht ohne Unruhe, dass schon wieder einige Leuchtbojen »verlöscht« sind und selbst in der Ostsee drei Meter hoher Seegang herrscht. Auf Helgoland scheint es immer wieder Probleme mit der Hafenbeleuchtung zu geben...

Getreu schiebt sich der kleine weiße Bug durch die Dunkelheit. Sicher, es ist eine international vereinbarte Route, es hat keine Eiswarnungen gegeben, aber in dieser Jahreszeit, in diesen Breiten muß man mit allem rechnen...besser etwas Dampf vom Kessel nehmen. Da pflügt von links ein Titan an mir vorbei, mit dunklem langem Ruf aus dem Nebelhorn, Lichterketten in schwindelnder Höhe: Steuert dort Captain Edward J. Smith, der das Schicksal herausfordert?

Und gleich danach ein kleines Grünweißes, mit Signalfeuer: »Folgen«, blinkt es aus dem Dunkel. Drosseln, anhalten, aussteigen. »Geht es Ihnen gut?«, fragen die beiden Männer, während der Westwind an ihren grünen Mützen zerrt. »Sie fahren unsicher.« »Wieso?« »Sie haben sich von einem LKW überholen lassen und halten nicht die Spur.« Getrunken? Aber nein, ich bin nur etwas müde. »Wo wolln wir denn noch hin heute nacht?« Wir? Soll ich meinen Heizer rufen, die Jungs aus dem Kesselraum, den Funker? »Wir wollen nach Norden«, sage ich und streiche über Flanke meines Fahrzeugs.

Denn da wollen wir doch alle hin, da, wo die Wogen brausen. Sie wünschen eine gute Fahrt. Und dann verlieren sich ihre Lichter wieder in den Weiten vor mir. Blauweiße Schilder dümpeln am Rand und erinnern an versunkene Siedlungen. »Schwarmstedt« soll hier gelegen haben, aber man sieht nur den kalten Mond, der sich an den Schaumkronen der Fichtenmonokulturen bricht.

Hanjo Kesting: Abschiedsmusik
Nachrufe aus dreißig Jahren (1973–2003)

Nachrufe gehören zum Pflichtpensum des Journalisten, zur Forderung des Tages, so wie die Nachrichtenlage sie ihm abverlangt. Sie stehen unter dem Druck der Aktualität, müssen schnell geschrieben werden, meist in wenigen Stunden, zuweilen in noch kürzerer Frist. Aber die Erschütterung, die von einer Todesnachricht ausgeht, kann durch keinerlei Routine vorweggenommen werden. Man merkt es den Texten an, wenn die wichtigste Erfahrung darin fehlt: die Konfrontation mit dem realen Tod. Der vorliegende Band enthält siebenundsechzig Nachrufe aus dreißig Jahren journalistischer Arbeit Hanjo Kestings beim Norddeutschen Rundfunk. Zwei Voraussetzungen mußten in jedem einzelnen Fall zusammenkommen: der Anlaß einer Todesnachricht und eine Affinität zu den Verstorbenen. Zu ihnen gehören Maler, Schauspieler, Film- und Theaterregisseure, Wissenschaftler, Publizisten und Journalisten. Zwei Gruppen stehen im Vordergrund: Musiker (in unterschiedlichen Ausprägungen: als Komponisten, Dirigenten, Interpreten) und Schriftsteller. So entspricht es einer beruflichen Praxis, in der die beiden Stränge Literatur und Musik – aus Neigung und Notwendigkeit – niemals säuberlich geschieden waren. Nicht zuletzt bahnt diese Sammlung von Nachrufen einen Weg durch die Kulturgeschichte des 20. Jahrhunderts.

Alfred Andersch, Claudio Arrau, Jurek Becker, Leonard Bernstein, Heinrich Böll, Robert Bresson, Peter Brückner, Elias Canetti, Sergiu Celibidache, Giorgio de Chirico, Walter Dirks, Friedrich Dürrenmatt, Axel Eggebrecht, Gisela Elsner, Odysseas Elytis, Hubert Fichte, Wolfgang Fortner, Erich Fried, Max Frisch, Glenn Gould, Graham Greene, Sebastian Haffner, Armin Halstenberg, Howard Hawks, Martin Held, Stephan Hermlin, Stefan Heym, Wolfgang Hildesheimer, Vladimir Horowitz, Mieczyslaw Horszowski, Eugène Ionesco, Ernst Jünger, Herbert von Karajan, Wilhelm Kempff, Hermann Kesten, Rafael Kubelik, Primo Levi, Hermann Lenz, Rudolf Walter Leonhardt, Rolf Liebermann, Gisela Lindemann, Hans Mayer, Yehudi Menuhin, Hannes Messemer, Olivier Messiaen, Arturo Benedetti Michelangeli, Nathan Milstein, Gerald Moore, Vladimir Nabokov, Luigi Nono, Carl Orff, Jean-Pierre Ponnelle, Gregor von Rezzori, Jannis Ritsos, Artur Rubinstein, Hans Schmidt-Isserstedt, Ernst Schnabel, Rudolf Serkin, Georges Simenon, Georg Solti, Fritz Walter, Günter Wand, Peter Weiss, Gert Westphal, Karl-Heinz Wocker, Isang Yun, Carl Zuckmayer

320 Seiten, geb. mit Schutzumschlag, ISBN 3–86525–100–5